「……どっちが上かは分かってる。
弱い者イジメは嫌い」
「フフン――僕と手合わせする勇
無いという事だな？」
シルヴァ
Silva
騎士科に所属する三年生。
学院生では唯一の特級印保持者。
リップル護衛任務で
集められた学院の精鋭は、
一癖も二癖もある
人材ばかり!?
ユア
Yua
従騎士科に所属する二年生。
無気力な無印者だが
実力は折り紙付き。
JN035099

リーゼロッテと
夜回りをしていたレオーネ、
捜していた裏切り者の
兄レオンと対峙する。

「よお。久しぶりだな、
レオーネ」

レオン
Leon
国を裏切った元聖騎士の青年。
現在は血鉄鎖旅団に
所属している模様。

「お兄様……ッ！」
レオーネ
Leone
裏切りの聖騎士レオンを
兄に持つ少女。騎士科。
イングリスたちと仲良くなり、
行動を共にする。

「隙あり！そこっ！」
「まだまだっ！」
リップル
Ripple
エリスと同じ騎士団所属の
天恵武姫。
少数民族の獣人種で
犬の耳と尻尾を持つ。
念願の天恵武姫（ハイラル・メナス）との
模擬戦で、イングリスの
テンションも最高潮！
イングリス
（クリス）
Inglis
遥か未来で美少女に転生した元英雄王。
学院で強者に囲まれて幸せな
修練を満喫中。

英雄王、武を極めるため転生す
～そして、世界最強の
見習い騎士♀～ 3

ハヤケン

HJ文庫
886

口絵・本文イラスト　Ｎａｇｕ

Eiyu-oh,
Bu wo Kiwameru tame
Tensei su.
Soshite, Sekai Saikyou no
Minarai Kisi "♀".

CONTENTS

第1章 ◆ 15歳のイングリス　天恵武姫護衛指令　その1

天恵武姫（ハイラル・メナス）であるリップルが、暫（しばら）くの間騎士（きし）アカデミーに身を寄せる事になった。

とは言えそれで、通常の訓練が休みになる筈（はず）が無く——

今日はイングリス達（たち）第一回生はボルト湖畔（こはん）の機甲鳥（フライギア）ドックに向かい、騎士科と従騎士科合同の訓練を行った。

そしてその帰りは——いつものように、アカデミーまでの長距離（ちょうきょり）走である。

「フハハハハハ！　さぁ走れ走れぇぇぇぇいいいっ！　ほぅら従騎士科の諸君！　諸君らを無印者だからと、内心小馬鹿（こばか）にしおる騎士科の奴等（やつら）に吠（ほ）え面（づら）かかせる好機だぞ！　騎士科の諸君は、格下の従騎士科に負けるなど騎士失格だぞ！　意地を見せろおぉぉおっ！」

従騎士科担当のマーグース教官が、機甲鳥（フライギア）で生徒達を先導して行く。

「はぁ、はぁ……！　い、いやな言い方するわね……あの教官性格悪いわ……！　あたし達、従騎士科を小馬鹿になんてしないし……！」

息を弾（はず）ませながら、ラフィニアが文句を言う。

「で、出来るわけないわよ……！　だ、だってあれ……！」

レオーネの視線の先は、マーグース教官の乗る機甲鳥(フライギア)に向いていた。

彼(かれ)の乗る機甲鳥(フライギア)は、飛んではいなかった。

イングリスが背負い上げて、運んでいたのだ。

せっかくの訓練なので、より強度を上げようとしているうちにそうなっていた。

従騎士科の面々の間では、お馴染(なじ)みの光景である。

「と、とんでもないですわね……で、ですがせめてスピードくらいは！」

リーゼロッテが意を決し、一段とスピードを上げた。

ぜえぜえと息を切らせつつ、イングリスと機甲鳥(フライギア)に追いついた。

「あ、リーゼロッテ。速いね？」

「す、涼(すず)しい顔ですわね……!?」

イングリスは多少汗(あせ)ばんではいるものの、まるで息は上がっていないのだ。

「うん。大分、慣れて来たから」

「な……慣れれば――どうにかなるものですの……!?」

「うん。そういえばバンとレイはどうしたの？　いないみたいだけど――？」

従騎士科に通う、リーゼロッテの従者の二人だ。

彼等(かれら)は魔印(ルーン)を持っているが、リーゼロッテに仕えるためにわざわざ従騎士科に入っていた程(ほど)だった。

「アカデミーを退学して、実家にお帰りになりましたわ」

「え、そうなんだ……？　あ、アールシア宰相(さいしょう)が辞(や)めたから？」

あの二人は、貴族の子弟(してい)でリーゼロッテの従者だった。

何故(なぜ)かというと、リーゼロッテが宰相の娘(むすめ)だから。

それが、宰相の娘ではなくなったのだから――こういう事になる。

「ええ。察しがよろしいですわね。お父様は職を辞して領地に戻(もど)られましたから――ですが、仕方のない事ですわ。家があっての我々ですからね」

「ちょっと寂(さび)しいね？」

「そうでもありませんわ。実は、彼等のご実家の指示は騎士科への転属でしたの。わたくしの従者は外れて――ね。彼等はそんな掌(てのひら)を返すような真似(まね)はできない、とアカデミーをお辞めになったのですわ。ですから、騎士の志を持つ限り、わたくし達は友人です。いずれまた、共に戦う時もあるでしょう」

「そう……じゃあ、リーゼロッテもわたしの機甲鳥(フライギア)を使ってね？　乗せてあげるから」

「ええ、ありがとう――」

　と、追いついてきたラフィニアがリーゼロッテの背を叩いた。

「よぉし！　帰って食堂で甘いものでも食べましょ！　あたしがおごるわよ、そういう時は甘いものを一杯食べて、気分転換が一番！　ね、レオーネ？」

　レオーネも追いついて来ていた。

「ええ！　太るのは気になるけど、今日はとことん付き合うわよ」

「あ、そうだクリス。せっかくだからリップルさんも誘ってみない？」

「今、セオドア特使と校長先生が色々調べてるんだよね。それが終わってたら、誘ってみてもいいかもね？」

「あまり詳しく事情は存じ上げませんが――わたくし達が天恵武姫様をお護りできるなんて、光栄なことですわ！」

「じゃあ、リーゼロッテも賛成ね？」

「はい！　天恵武姫様といえば、やっぱり女の子の憧れですからね！　実は昔、魔石獣からお助け頂いたこともありますの。出来るなら是非、お近づきになってみたいですわ！」

　どうやらリーゼロッテは天恵武姫に憧れがあるらしい。

「よーし、じゃあ早く帰りましょ！　スピードアップよ！」

「いや、ラフィニア。私けっこう限界……！」

「ちょっとこれ以上はきついですわ……！」

「うん。分かった」

イングリスがギュンと加速した。

「ちょ……！　クリス」

「！　えぇぇぇぇっ⁉　まだそんなに速くなるの⁉」

「し、信じられませんわ……！」

ラフィニア達も驚いていたが、機甲鳥に乗っているマーグース教官にも予想外の速度だったようだ。

「ぬおおおおぉぉぉぉぉっ⁉」

速過ぎたらしく、振り落としてしまった。

「あ、済みません教官」

「か、構わんぞ素晴らしい走り――うぐおおぉぉぉぉっ⁉」

そして、走って来る後続に踏まれていた。

「へへへッ！　ちょっといい気味だな、いつも人をシゴキまくってくれてるお礼だぜ！」

プラムの手を引いて後方にいたラティも、教官を踏んづけていた。

そしてアカデミーに戻ると、イングリス達は甘いものを食べに行く暇も無く呼び出しを受けた。

天恵武姫（ハイラル・メナス）リップルを護るための、作戦指示があるそうだ。

アカデミー内の一室に呼び出されたのは、第一回生からは、イングリス、ラフィニア、レオーネ、リーゼロッテの四人だった。

この四人の共通点は、特別課外学習の許可を受けている事。

イングリス達のほかにアカデミーの上級生たちの姿もあるが、彼等もそうなのだろう。

「皆（みな）さん、お集まりいただきありがとうございまーす。今日はすっごく重要なお願いがありますので、よーく聞いて下さいねえ？」

相変わらずミリエラ校長は、ちっとも重要そうに聞こえない物言いである。

皆少々拍子抜（ひょうしぬ）けの表情だが、彼女（かのじょ）に続いてセオドア特使や天恵武姫（ハイラル・メナス）のリップルが姿を見せると、ピリッと引（ひ）き締（し）まった。

これはただ事ではないな、と感じたのだ。

そして、ミリエラ校長が事態の説明をする。

天恵武姫（ハイラル・メナス）のリップルの身に、異変が起きている事。

彼女の存在が、魔石獣を呼び寄せる状態になってしまっている事。

それを、セオドア特使の力を借りて解析（かいせき）し解決しようとしている事。

解決方法が見つかるまでの間、リップルの身をアカデミーで預かる方針になった事。

「なるほど――我々はリップル様を護衛し、魔石獣が現れた場合に即座（そくざ）にこれを殲滅（せんめつ）。周辺への被害（ひがい）を食い止めれば良いという事ですか」

そう言ったのは、騎士科の三回生の制服を身につけた男子生徒だった。

灰色に近い色の短髪（たんぱつ）で、眼鏡をしており、非常に美形かつ知的な印象の青年だ。

その右手に輝（かがや）く魔印（ルーン）は上級印――

ではなく、虹色（にじいろ）の輝きに包まれた特級印だった。

「あれは特級印――」

天恵武姫（ハイラル・メナス）は究極の魔印武具（アーティファクト）。

真の能力は、武器化してこそ初めて発揮される。

魔石獣の最強種たる虹の王（プリズマー）を制する事が出来るのは、武器化した天恵武姫（ハイラル・メナス）だけだと言われている。

そしてそれを操（あやつ）る事が出来るのは、特級印の魔印（ルーン）を持つ聖騎士のみ。

この青年は、将来の聖騎士候補だろう。救国の英雄(えいゆう)というやつだ。

ラファエルの後輩(こうはい)という事になるだろうか。

「シルヴァ・エイレン様ですわ。近衛騎士団(きしだん)長レダス・エイレン様の弟君ですわね。アカデミー唯一(ゆいいつ)の特級印の持ち主です」

リーゼロッテが小声でそう教えてくれた。

「つまり、アカデミーで一番強い生徒って事だよね？」

「ええ、そうなるでしょうね」

「いいね……強そうだね、手合わせしたいな――」

「そればかりですわねえ、あなたは……」

呆(あき)れた目で見られた。

「シルヴァさんの言うとおりですね。皆さんは一、二、三回生それぞれの選抜(せんばつ)メンバーです。それぞれにチームを組み、交替(こうたい)でリップルさんの護衛に当たって貰(もら)おうと思います。それぞれの判断で、他の生徒に協力を求める事も許可します。異変が始まり魔石獣が現れたら、これから支給する魔印武具(アーティファクト)の結界により即座に周辺を隔離(かくり)し、周辺に被害を出さないように魔石獣を排除(はいじょ)してください」

「「はい」」

選抜された生徒達がそれぞれ頷(うなず)く。

「こちらがその魔印武具(アーティファクト)です。皆さんお持ちください。リップル殿(どの)の側に、必ず一人は異変に即応(そくおう)して結界を張れる人員が付くようにお願いします」

ミリエラ校長に続き、セオドア特使が魔印武具(アーティファクト)を取り出した。

剣(けん)型、槍(やり)型、杖(つえ)型——と色々とある。

「……弓型は無いわね、あたしには使えないわね」

「では、わたくしが槍型を受け取っておきますわ」

「私が剣型を受け取っておくわね」

一、二、三回生それぞれに、魔印武具(アーティファクト)が行(い)き渡(わた)った。

——まだ魔印武具(アーティファクト)は余っている様子だった。

「……わたしも貰っておこうかな」

イングリスに魔印(ルーン)はないが、魔印(ルーン)とはつまり魔素(マナ)の流れを一定の方向性に制御(せいぎょ)するもの。

霊素(エーテル)を魔素(マナ)に変換(へんかん)した上でそのように制御をすれば、使う事は出来るはずだ。

そして更(さら)に魔印武具(アーティファクト)自体の起こす現象を見て学べば、直接同じ現象を起こす事も可能になる。あまりに複雑すぎると難しいが——

イングリスは前に進み出て、魔印武具(アーティファクト)に手を伸(の)ばす。

「待て。止めておきたまえ。君がそれを持ってどうする」

シルヴァに制止をされてしまう。

「？　どうしました？　先輩」

「どうしました、じゃない。君がそれを持っても無駄だろう。従騎士科の無印者に扱える代物じゃないんだ。手を触れるな」

「はい、分かりました。済みませんでした」

ぺこりと一礼。イングリスは大人しく引き下がろうとしたのだが――

「ちょっと待って下さい！　そんな言い方……！」

こういう時に黙っていないのがラフィニアである。

「まぁまぁまぁ、ラニ。怒らないで、気にしてないから……ふふふ――」

「な、何をニヤニヤしてるのよクリス」

「いいからいいから。ここは黙って従おう。ね？」

イングリスはむしろ上機嫌だった。

どうもあのシルヴァは従騎士科の人間を快く思っていないようだ。

そして、どうやら、割と神経質で気も短いタイプ。

要は精神的に未熟という所だ。

が、そういう人間なら、少し挑発(ちょうはつ)すれば本気で手合わせしてくれそうである。

聖騎士や天恵武姫(ハイラル・メナス)は、敵対関係にでもない限り、そう簡単に我を忘れて斬(き)りかかって来てくれたりはしない。

だがこのシルヴァならば可能性があるかも知れない。

「まあまあシルヴァさん。数は余っていますし、別にいいんですよ？」

「校長先生！　でしたら、大切に保管し破壊(はかい)された時の予備とするべきでしょう？　無駄にしていい魔印武具(アーティファクト)など無いはずだ」

「まぁそうなんですが、イングリスさんなら無駄には――しないとは言い切れなかったりしますねぇ……あははははっ♪」

「ふざけないでください！　そもそも何故この場に従騎士科がいるんですか？　人員の選抜に問題があるのではないですか？　これは重要な任務でしょう？　でしたらそれ相応の人間で臨(のぞ)むべきだ。無印者は足手まといになりかねない。今すぐに出て行ってくれ！」

「……」

それは困る。どう言いくるめるか、と思っていると――

「はい。分かりました」

ひょい、と手を上げた者がいる。やや薄(うす)い、桜色っぽい髪(かみ)色をした少女だ。

髪の長さは肩（かた）くらいまで。制服からして二回生か。

非常に美形だが、非常に冷めた雰囲気（ふんいき）でもある。

彼女が挙げた右手には、何の魔印（ルーン）も刻まれていなかった。

この少女も、どうやら無印者のようだった。

「ありがとうございます。じゃあ、失礼します」

すたすたと出口に向かおうとする。

「ああちょっと待って！　待って下さいユアさん！」

ミリエラ校長が、慌（あわ）ててユアを止めていた。

「なんですか？　もう眠（ねむ）たい、寝（ね）たいです」

ユアはミリエラに対し、全く顔色を変えずにそう返した。

非常事態だと説明があったはずなのに、何の興味も持っていなさそうな態度である。

それが逆に只者（ただもの）ではない、と感じさせる。

「いやいやいや、私の話聞いてましたかあ？　皆さんの力が必要なんです」

「てへ」

全く無表情に、ペロッと舌を出した。

「いやいやいやいや……」

ミリエラ校長も都合の悪い事はテヘへで誤魔化すが、ユア先輩は更に掴み所が無く、ミリエラ校長も困惑気味だった。

「とにかく是非ご協力頂きたい大事件なんです。あなたが二回生のエースなんです。抜けられては困ります」

「だってそこのメガネさんが帰れって――あれ、夢？」

「そうですよぉ？　夢ですよぉ？　そんな事言ってませんよー？」

「……だったら仕方ないか」

と、席に戻ろうとするが――

「いいや、言ったね！　従騎士科にこの任務は務まらない。引っ込んでいろ」

「分かりました。ありがとうございます」

「ああああ待って！　シルヴァさん、振り出しに戻さないで下さいよぉ！」

それを見て、リーゼロッテが呟いていた。

「……校長先生は何だかやけに、あなた達のような変わり者でもあっさり受け入れると思っていましたが――先輩方がこうなら納得ですわね」

「え？　何一人だけ違うみたいな事言ってるの？　あなたも一緒よ、友達なんだから」

と、ラフィニアがすかさず返していた。

「う、嬉しいような悲しいような――ですわね」

「あはは。私は嬉しいわよ、みんなと友達で」

「まあレオーネがよろしいなら構いませんが……」

「従騎士科もだが、裏切り者の血縁者もです！　彼女は裏切り者レオンの妹でしょう!?　とても背中を預ける事などできない！」

「ちょっと！　レオンさんとレオーネは別です！　そんな言い方、先輩でも許せない！」

「そうですわ！　そのお考えは浅慮です、彼女をよく知ればお分かりになります！」

　状況が込み入って来た――

　なので、イングリスはさも仲裁するような雰囲気で、要求を押し通そうと試みる。

「まあまあまあ――ではシルヴァ先輩、わたし達が作戦に相応しいかどうか、腕試しに手合わせして頂けませんか？　それでないとご不安を拭えないようですので――」

「……ふぅむ――」

「はい」

　ユアがひょこんと手を上げた。

「あ、はいユア先輩。何か？」

「私はめんどくさいから嫌」

「…………」

何だろう。他にいないタイプだ。

ラフィニアもレオーネもリーゼロッテも、皆個性は色々あるが根は真面目だ。

ユア先輩は何か根本の部分が違う気がする。

無論イングリスとも違う。せっかくの戦いをめんどくさいから嫌とは衝撃である。

「でもさ、ユア。実際お前がいないと、戦力的に俺達ちゃんとやれるか不安だぜ。学年ごとに分かれてやるんだろ？」

と、二回生の別の生徒がユアに意見していた。

確かに二回生はユアを含めて三人しかおらず、一回生の四人よりも少ない。

「わかった。やる」

「ではユア先輩、シルヴァ先輩に腕試しをしてもらいましょう」

「それは嫌」

嫌がられた。

「命令するのは校長先生だから、文句があるならあの人が出て行けばいい」

いきなり真っ当な事を言った。

「いや、それはそうなのですが――先程はシルヴァ先輩の言う通り出て行こうと……」

「フフン――僕と手合わせする勇気は無いという事だな？」

と、シルヴァがユアに顔を向ける。

「……どっちが上かは分かってる。弱い者イジメは嫌い」

「何だと……!?」

話から察するに、ユアとシルヴァは手合わせした事があるのだろうか。

そしてユアが勝った？　だとすれば非常に興味深い。

特級印を持つシルヴァの能力が聖騎士並であることは想像に難くない。

それを上回るのならば――相当な手合わせが期待できる。

「校長先生――」

と、こっそりと聞いてみる。

「ええ……イングリスさんの思った通りですよ。模擬戦の時に、一回だけですけど。それからあの二人は仲が悪くて……何とかイングリスさんが、あの二人を仲直りさせてくれると助かります。一回生のエースはあなたですから」

「……人間関係はラニの方が――わたしは二人とも叩き伏せろ、でしたら喜んでお受けしますが？」

そもそも、シルヴァがユアに突っかかっているだけにも見える。

ユアは何とも思っていなさそうだ。

「うーん……力って、癖のない人の所には降りて来ないんですかねえ」

と、ミリエラ校長が嘆息した時——

ドサッ。

誰かが倒れ伏す音がした。

「リップル殿！　しっかりして下さい……！」

セオドア特使が真っ先に反応していた。リップルは彼の真横に座っていたのだ。

その意識は既に無く、依然と同じように黒い球体のようなものに包まれている。

——城で見た時と同じだ。

「セオドアさん！　すぐに離れて下さい、危険です！　結界は私が張ります！　皆さん警戒を！」

ミリエラ校長が持っていた杖の魔印武具を振りかざす。

すると広範囲の結界が発生し、周辺を包んだ。半透明の光の壁が、窓の外に見える。

一拍を置いて——壁際の天井付近の空間が一部歪むと、中から魔石獣が次々と出現する。

城の時と同じ、人型。リップルと同じ獣人種の魔石獣だ。

「き、来たぞ——ッ！」

生徒達の間に、一気に緊張(きんちょう)感が高まった。

だが悲鳴を上げたり、逃(に)げ出したりするような者はいない。

「校長先生！　今日の担当はどの学年ですか⁉」

そうシルヴァが問いかける。

「え？」

「学年別の三チームが一日ごとに交替でしょう？　最初は我々で構いませんか？」

「は、はい構いませんが……」

「よし……！　じゃあ我々以外は手を出す――」


ドゴオオオォォンッ！


その時、既にイングリスは現れた魔石獣を三体まとめて蹴(け)り飛(と)ばしていた。

衝撃で壁が陥没(かんぼつ)し、部屋全体が軽く軋(きし)んだ。

「な……っ⁉　き、君！　手を出すなと言っただろう！」

「ええ。ですから足を出しましたが？」

イングリスはニコッと笑(え)みを浮(う)かべてそう言った。

「おおおぉぉおっ!?　あの娘、従騎士科なのにとんでもない力だぞ……!?」

「やっぱここに呼ばれてるだけの事はあるんだな！」

「ゆ、ユアと同じだ……！　ユアを見てるみたいだぞ……!?」

上級生達が口々に驚いていた。

「「そして、めっちゃくちゃ可愛い……！」」

別にどうでもいいが、そこは綺麗に揃っていた。

「そんな事を言っている場合か！　三回生はすぐに応戦しろ！　いくら物理的に打撃を与えても、魔石獣には通じないんだっ！」

シルヴァは号令しながら、自らの魔印武具を構える。

彼の持つ魔印武具の形状は、独特の長い筒状をした武器——銃だった。

元々は天上領で開発された対人武装らしい。

地上で見る機会は少ないが、イングリス達の故郷ユミルでも見た事はある。

ビルフォード侯爵が所有していたのだ。

銃型の魔印武具とはなかなか珍しい。

地上ではあまり普及していない武器だ。

虹色の特級印を持つシルヴァは、どんな魔印武具でも扱う事が出来るはず。だがそれをあえて使っているというのは、よほど奇蹟(ギフト)が優(すぐ)れているのだろうか。

銃身(じゅうしん)には真っ赤な文様が浮き上(あ)がっており、炎(ほのお)属性の代物であることが分かる。

ここは少しお手並み拝見。と行く前に――


バシュウウウゥゥッ！


シルヴァの顔横を、純白の光の矢が通り過ぎて行った。

ラフィニアが光の弓の魔印武具(アーティファクト)を放ったのだ。

それが、イングリスが壁に埋(う)めた魔石獣達(ませきじゅうたち)を貫(つらぬ)いた。

一射ではなく、二射、三射と連射。完全に魔石獣達は沈黙(ちんもく)した。

「ラニ？　怒られても知らないよ？」

「え？　あたしだって手を出すんじゃなくて、弓をうっただけだけよ？」

「なら何の問題も無いね」

「そうよ？」

「そんな屁理屈(へりくつ)があるかっ！　君が聖騎士ラファエル様の妹だろうと、勝手は――！」

「勝手なのはどっちですか！」

と、ラフィニアも負けていなかった。

「リップルさんは、この中の誰が傷ついても辛いんです！　だからあたし達もできるだけ無事でいなきゃいけない！　そのためには面子なんていらない、みんなで協力するべきです！　シルヴァ先輩は聖騎士になるんでしょう？　だったらあなたが一番、リップルさんの気持ちに寄り添ってあげるべきです！　天恵武姫と一緒に戦う事になるんだから！」

「……!?　何だと……!?　特級印も持たないくせに――！」

「特級印は無くても、持っている人を間近で見てきました！」

ぴしゃりと言い放つ。それは、無論ラファエルの事だ。

ラファエルとシルヴァを比べてしまうと、シルヴァが未熟に見えてしまうのは仕方ないだろう。

ラファエルの方が現在の年齢は上だし、彼は幼い頃から人間が出来ていた。

あくまで現時点の話なので、シルヴァの将来の可能性を否定はしないが。

特級印を持つ素質は折り紙付きなのだ。心がけ次第でいくらでも化ける。

だが一つ言えるのは――自らの信念と正義感を貫こうとする時のラフィニアは好きだ。

普段はそんな顔をしないのに、精一杯きりっと表情を引き締めているのが、可愛らしくてとてもいい。

「ああっ⁉　わたくしも槍を振ったら当たってしまいましたわ！」

「私も剣がぶつかりました！　ごめんなさい！」

リーゼロッテもレオーネも、新たに現れる魔石獣達に攻撃を仕掛けていた。

一緒に怒られてくれるつもりらしい。

「ユア先輩！　話聞いてましたか⁉　先輩も嫌がらずにちゃんとやって下さい！　リップルさんのためなんです！」

「は、はい……！　ごめんなさい――！」

ラフィニアの迫力に押されて、ユア先輩はビクッとしていた。

イングリスは新たに出現する魔石獣に突進しつつ、横目でそれを見ていた。

その様子は小動物のようで、とても強そうには見えないのだが――

ふうっ、とその姿が掻き消えるように動き出す。

そして、イングリスが突進していた魔石獣の前に。

――割り込まれた！　見えてはいたが、恐ろしいスピードである。

ぺし。

としか表現できないような軽い感じの手刀で、魔石獣を叩いた。

だがそれで――

メキメキメキギイィィィッ！

そんな音を立てて、魔石獣の体にめり込んだような跡が残った。

「おおぉぉ……！　すごい――――！」

あの軽い撫でるような動きでこの威力。

しかも魔石獣に接近したスピードは、いくらこちらが超重力の重りをつけているとはいえ、イングリスを出し抜いたのだ。

もっとも魔石獣に純粋な物理攻撃は効果が無いので、意味は無い。

無いのだが――手合わせをしてもらう分には、それは関係ない。

これは申し分の無い実力者である。是非とも手合わせをお願いしてみよう。

「とう」

ユアが後ろ足に踵で魔石獣を蹴った。

ゴウウゥッ！

弾丸のような勢いで、魔石獣がイングリスの目の前に飛んで来た。

「あ、ごめん」

「大丈夫です！　はあぁっ！」

ドガアアァァンッ！

直接蹴り上げる。魔石獣は更に勢いを増して、天井に頭から突き刺さった。

「お。やるね」

ユアがちょっとだけ感心したような顔をする。

「ありがとうございます。では是非今度手合わせをお願いします！」

「それは、嫌。力比べとかしたくない」

言いながら、ユアは魔石獣をどんどん殴り飛ばして行く。

「そう言わずにお願いします！」

イングリスも同じスピードで魔石獣を蹴り飛ばして行く。

「やだ」

「そこを何とか！」

交渉を続けながら、イングリスとユアが打撃で魔石獣の動きを封じて行く。

「「すっげえな二人とも――――！　こりゃあ楽だぜ！」」

他の生徒達は、とどめを刺して回るだけで良かった。

「くっ……言う事を聞かない奴等が……！」

「まーまーまー！　シルヴァさん！　じゃあ校長命令という事で、ここは全員で対応という事に変更しまーす！　だから誰も悪くありませーん！　皆さん、この調子で頑張ってくださいねっ！」

慌ててミリエラ校長が号令していた。

その後の戦況も、さして変わりは無かった。

新たに魔石獣が現れると、真っ先にイングリスかユアが殴り飛ばし、他の生徒達が止めを刺す。

魔石獣には純粋な物理攻撃は効果が無く、体が歪むほど殴ってもすぐに復元する。

だが少しの間の隙を作る事が出来れば、ラフィニア達には十分な時間となる。

なお、イングリスが真っ先に先手を取れるのには理由がある。

魔石獣が現れる予兆を、魔素(マナ)の流れから察知する事が出来るからだ。

だから、他の者より一歩二歩先に動き出すことができるのだ。

そして、イングリスと同様の動きをするユアも、同じ事を感じ取っているのだろう。

彼女はいったい何者だろう？　天恵武姫(ハイラル・メナス)とは雰囲気が違う。

天上人(ハイランダー)？　にしては聖痕(せいこん)は無い。

血鉄鎖(けってつさ)旅団の黒仮面のように、自分と同じ神騎士(ディバインナイト)だろうか？

しかし霊素(エーテル)は感じない。隠(かく)しているだけかもしれないが。

今の所、なにも断定的な事は言えない。分からない事が分かったというだけだ。

――だからこそ興味深い。やはり田舎(いなか)のユミルから王都に出て来て良かった。

戦ってみたい相手がゴロゴロしているのだ。

「皆さん。もう大丈夫だと思います、ひとまず現象は収まりました」

と、リップルの様子を見ていたセオドア特使が言う。

確かに、黒い半球状の光に包まれていたリップルの姿は、元に戻っていた。

「リップルさん！」

と、ラフィニアは真っ先に駆(か)け寄って行く。

「前と同じなら、暫(しばら)くすれば目を覚ましてくれるわよね――」

レオーネも心配そうだ。

「なるほど、僕達のすべき事は分かりました。この程度ならば問題は無いでしょう。校長先生。少なくとも我々三回生は、一人の犠牲も無く作戦を遂行して見せます」

「ええ。ですがこれはあくまで周囲に被害を出さないための処置であって、最終解決ではありません。なにか別現象が起きる可能性もありますし、くれぐれも注意して下さい」

「解決の目途は立っているのですか？」

「申し訳ありません。それはまだ時間がかかりますが――可能な限り急ぎます。君達には負担をかけますが、どうかよろしく」

と、シルヴァに応じたのはセオドア特使だった。

「そうして頂けると助かりますねえ……」

と、ミリエラ校長が深く深くため息を吐く。

その視線は、部屋の天井や壁に向いている。

激しく魔石獣が叩きつけられ、あちこち歪んだり穴が開いたりしているのだ。

「早く解決しないと、校舎が跡形も無くなっちゃいそうですし――」

「――君達のせいだぞ」

と、シルヴァはイングリスとユアを交互に見るのだった。

「『……？』」

二人ともきょとんとして首を捻った。

「とぼけるんじゃない！　君達がバンバン見境なく敵を吹っ飛ばすからだろう！」

『あれでも手加減したし。ね？　えーと……』

「イングリスです。ユア先輩」

「ん――イン……クレ……？　イン……リ――ちゃん？」

「イングリスです。先輩」

「んー……」

と難しい顔をされる。

『ユアは人の名前を覚えるの、苦手なんだよ』

と、先輩の一人が教えてくれた。

「そうなの。モヤシくん」

確かに体がほっそりした先輩だけれども――

この人はこの人で、れっきとした上級印の魔印の持ち主なのだが。

「しくしく……ほら見ろ、一年経ってもこうだぞ？　ちなみにモーリスだからよろしく」

「お願いします。ではユア先輩が好きに読んでください」

「ん――おっぱいちゃん。手加減したよね？」

「ええぇっ⁉　いやそれはちょっと……」

しかしユア先輩は聞いていないようで――シルヴァに顔を向けていた。

「そもそも。先輩がもっと働けば、私達あんなに暴れなくて良かった」

「魔印武具（アーティファクト）の力で校舎を燃やしてはいけないから、自重していただけだ！　もっと考えて戦え、君達は！」

「まあまあいいですよ。そんな事気にして、怪我（けが）されるよりはいいですし――」

ミリエラ校長が苦笑（くしょう）する。

「はは……結界で周囲を覆（おお）うのではなく、別空間に跳躍（ちょうやく）させるタイプの魔印武具（アーティファクト）の方がいいかも知れませんね」

セオドア特使も似たような表情だ。

「天上人（ハイランダー）の方が作り出す魔術（まじゅつ）空間のように――ですか」

天上人（ハイランダー）のファルスに、異空間に閉じ込められた事を思い出す。

全員かは分からないが、天上人（ハイランダー）にはそういう能力があるのだろう。

相当に高度な魔術の使い手である、という事だ。

「そうですね」

「一番近いのは、この間イングリスさんにも入って貰った『試練の迷宮(めいきゅう)』ですね。あれは天上人(ハイランダー)の空間魔術を模した魔印武具(アーティファクト)ですから」

セオドア特使の後に、ミリエラ校長が補足してくれた。

「ああなるほど……」

「とはいえ、空間跳躍タイプは周囲の目が届きませんからねえ。後からの加勢が難しくなって、より危険度が高くなっちゃいます。それに結界タイプより魔印武具(アーティファクト)の使い手も限られるでしょう？」

「だけど、両方あった方がいいのは間違(まち)いないですね。それも用意しておきましょう」

「そうですねえ。場合によって使い分けですね。お願いしますセオドアさん」

「分かりました」

こうして、天恵武姫(ハイラル・メナス)リップルの護衛作戦が本格的に動き出した。

「あははは。そんなあだ名付けられちゃったの、イングリスちゃん」

イングリス達の話を聞くと、リップルは可笑しそうに笑った。

今日は元気そうである。

本音では辛いだろうし、例の症状が起きて目覚めた後や、ふとした拍子に表情が曇るのは見ていて分かる。

が、努めて明るく振る舞おうとはしてくれる。こちらに余計な気を遣わせないためだ。

状況はミリエラ校長の指示通り、学年ごとのチームが一日交替でリップルの護衛に付いている所だ。

今日はイングリス達一回生の当番の初回。

リップルはアカデミーの敷地内は自由に行動して問題ない、という事になっている。

イングリス達も、なるべく授業を休まない方がいい。

という事で、必然的にリップルが授業を見学しに来るような形になる。

聞けば、上級生達の当番の時もそうだったらしい。

それは国の守り神たる天恵武姫(ハイラル・メナス)が授業参観に来てくれたのと同じであり、他の生徒達の授業への士気も上がっていた。

「ええ。流石(さすが)に少し恥(は)ずかしいです……」

これでも自分の精神は、英雄(えいゆう)王と呼ばれた一国の主。

最近ではすっかり女性の体にも慣れたし、楽しめてもいる。

だがまさか、おっぱいちゃん呼ばわりされる時が来るとは……人の運命は分からない。

「ユアちゃんって何か変わってるもんねえ。ボクも名前覚えてくれなかったなあ」

天下の天恵武姫(ハイラル・メナス)の名前も覚えないとは、豪快(ごうかい)な事だ。

「リップルさんは何と？」

「ケモ耳様」

「……」

確かにリップルは獣(けもの)の耳をしているけれども。

一応偉(えら)い人だという意識はあるらしいが。

「まぁ別にいいけどね。ラフィニアちゃんは何て呼ばれたの？」

「小鬼(こおに)ちゃん――」

カミナリを落とされたのがちょっと怖かったらしい。

「……レオーネちゃんは？」

「二号ちゃんです――たぶん、ここで……」

と、リンちゃんが埋まってくつろいでいる胸元を指差す。

「ああ、それつながりだ……リーゼロッテちゃんは？」

「ト、トンガリ……ですわ」

髪が巻き毛で先が尖っているように見えるから――だと思われる。

「ははは。みんなめちゃくちゃだねえ」

「――まあユア先輩はクリス並みに変わってるけど、ちゃんとわかってくれたと思うわ。多分……問題はシルヴァ先輩よね。リップルさん、シルヴァ先輩に失礼な事言われたり、されたりしませんでした？」

「ん？　別に大丈夫だよ？　ちょっと肩に力が入り過ぎてる気はしたけど――でもあの子、ボクと相性いいと思うよ？」

とリップルが言うのを聞きながら、イングリスは目の前のチェスの駒を進める。

対面には難しい顔をしたレオーネが座っていた。

今日は座学の授業の一環で、チェスをやっていたのだが――

少し教室に居残って対戦を続けていたのだ。

「ううっ……ま、参りました――」

と、レオーネは肩を落とす。

「ダメだわ、何度やっても勝てない……！　イングリスってば、敵が現れたら真正面から殴り倒す事しか考えない子なのに……っ！」

「人聞きが悪いよ――普段はあえてだからね」

チェスと現実とは違う。現実の駒は成長をする。

成長をして、全ての相手の駒を叩き潰すような真似も出来る。

イングリスの普段の行動は、成長を最大化させるために思考された結果なのだ。

つまり思慮深く敵に最短で突撃しているだけだ。

「まあねえ、クリスってチェスも強いのよねえ――昔からそうなのよ」

「普段の様子からは、そういう想像はつきませんわね」

「ところがどっこい、初めてやった時に自分のお父様に勝っちゃうし、ラファ兄様もウチのお父様も、一回も勝ててないのよねー」

と、イングリス達の隣の盤面で対戦しているラフィニアとリーゼロッテが話し合う。

「ラフィニアさんはどうなのです？」

「あたし？　あたしが勝てるわけないじゃない！　……見て分かるでしょ？」

と、ラフィニアは少々恨めしそうな顔をする。

盤面上はリーゼロッテの圧倒的優位である。

「そ、そうですわね——もう少し努力が必要ですわね」

ラフィニアには、裏のかき合いや駆け引きの勝負は向いていない。

チェスはそういうところが試されるゲームだ。ラフィニアが弱いのは当然である。

「まあ実際あたしが出来る必要ないし。困った時はクリスに任せればいいもん。ね？」

「いやいや、それでは一人前の自立した騎士として——」

「うん。全部任せてくれていいよ？」

「甘っ!?　イングリスさん、あなたちょっとラフィニアさんに甘過ぎませんか？」

「そう？　でもいいんだよ、わたしがずっとラニの従騎士でいればいいでしょ？」

「は、はあ——それでいいんですの？　あなたの強さならば、武勲で地位も名誉も得られると思いますが？」

「うん。興味ないから」

むしろ下手に出世などさせられる方が困る。前線に立てなくなる。

この先そういう事があったとしても、自分が無印者の従騎士なのを逆に利用して、とことん拒否しようと思っていた。

「ははは……変な人ですわねえ」

リーゼロッテが乾いた笑いを浮かべる。

ついでに進めた駒で、あちらの盤面も決着がついた。

「うー！　また負けたぁ……！」

「リップル様も一局如何ですか？　お手前を拝見してみたいですわ」

と、リーゼロッテがリップルを誘う。

「いやー。ボクもラフィニアちゃんと同じで、そういうのエリス任せだからねぇ。体を動かす方が得意かなぁ」

「では手合わせをしに行きませんか？　ちょうど長い間座っていて体をほぐした方がいいでしょうし、適度な運動は精神衛生上にもいいですし、暴れた方がストレス解消にもなりますし――」

すかさずさらりと誘いをかける。

是非リップルには一度相手をして欲しかったのだ。

天恵武姫と戦える機会を逃してはならない。

「クリスぅぅ～？」

じとーっ。とした目でラフィニアに睨（にら）まれる。

「今は止めておきなさいよ、イングリス。リップルさんに何かあったらどうするの？」

「そうですわ。そんな場合ではないでしょう？」

レオーネもリーゼロッテも呆（あき）れ口調だった。

「いやいやいやいや。決してわたしが戦いたいだけじゃなくてね？　リップルさんの為（ため）にもいいかなあって――ね、ラニ？」

「ダメです。ワガママ言わないの。魔石獣が出て来るだけで十分でしょ？」

と、ラフィニアに言われるが――

「んー？　いーよ。じゃあやろっか？」

と、リップルは意外にも首を縦に振（ふ）ってくれたのだった。

「ほ、本当ですか!?　ありがとうございますリップルさん！」

「戦闘（せんとう）したらどうなるかも確かめたいって、ミリエラもセオドア様も言ってたからね。ボクもイングリスちゃんの力を体感してみたいし――って凄（すご）く嬉しそうだね。ははは……」

「はい！　わたし、リップルさんの事が大好きです！」

イングリスの瞳（ひとみ）は宝石のようにキラキラと輝（かがや）いていた。

余りにも嬉しそうにし過ぎるので、逆にリップルとしてはちょっと怖かった。

イングリス達は、校長室のミリエラ校長とセオドア特使の下を訪ねた。

手合わせではいいが、二人に話しておく必要があるとリップルが言ったためだ。

「手合わせですか？　まあイングリスさんの事ですから、そう言い出すと思っていましたよお。予想通りですねえ？」

「よく生徒の事を理解している校長先生ですね」

と、セオドアが笑顔を見せる。

「ええ。これでもちゃあんと校長先生やってるんですから」

「クリスは普通の子よりすっごく分かりやすいと思いますけど――？」

「そうね……いつも同じこと考えてるし」

「ですわねえ」

「ははは。イングリスちゃん、言われてるよ？」

「それより早く戦いたいです！　いいですよね校長先生!?　はやくはやくはやく……！」

イングリスの目はキラキラしたまま戻っていない。

「あははは……では、お待たせするのも可哀(かわい)そうですから早速(さっそく)どうぞ。セオドアさん、アレをお願いします」

「はい。ではレオーネさん、これをどうぞ」

と、セオドア特使が取り出したのは、元々レオーネが持っていた黒い大剣(たいけん)の上級魔印武具(アーティファクト)だった。

　使用者の意思に従い、刀身が伸長(しんちょう)したり巨大化(きょだいか)したりする奇蹟(ギフト)を備えている。王城に墜落(ついらく)しそうな空飛ぶ船を弾(はじ)き飛ばした時に、イングリスが力を込め過ぎて壊(こわ)れてしまったものだ。

「あ、これは私の……!?」

「はい。ベースは元々レオーネさんが使われていたものと同じですねえ」

「ベース？」

「ええ。見た目は同じですが、改良品です。元の奇蹟(ギフト)に加え、もう一つ――二つの奇蹟(ギフト)を搭載(とうさい)したスグレモノですよっ！　新技術です新技術っ♪」

「へぇ……」

「わぁ！　いいなあ！　レオーネ！」

「もう一つの奇蹟(ギフト)とは、どのようなものですの？」

「周囲の人間を異空間に転移させて、隔離する効果です！　前に言っていた、校舎を破壊しない、別空間跳躍タイプの安全対策ですね！　魔印の属性から、皆さんの中ではレオーネさん、あなたが使うのが適任です」

「急遽作製したばかりですので、空間の強度や効果時間などを確かめて頂きたいんです。訓練試合はその魔印武具の効果内でお願いします。結果に問題なければ、他の班の方にもお配りしますので」

ミリエラ校長に続き、セオドア特使が補足する。

「前に天上人の異空間に閉じ込められた時は、中で魔印武具が動作しなくなったんです。これは……？」

「もちろん、そんな事はありませんよ！　安心して使っちゃって下さい、レオーネさん」

「分かりました、やってみます！」

「じゃあレオーネ、今すぐやって。すぐすぐ！」

「ええっ⁉　ここで使うの？」

「いいですよ。私達も一緒に入って、魔印武具の動作を見たいですから」

「わかりました、じゃあ――」

と、レオーネは剣の柄を両手で握り締め意識を集中する。

「う……っ！　くうっ……ちょっといつもと感じが……！」

「焦(あせ)らなくていいですよ。慣れていない奇蹟(ギフト)ですからね？　息を大きく吸って、魔印(ルーン)の生み出す流れに身を任せて――」

「はい――」

ミリエラ校長に言われ、レオーネは一度深呼吸する。

呼吸と魔素(マナ)の流れが整うと――黒い剣の刀身が、だんだんぐにゃりと歪み始める。正確には空間の歪みが発生して、刀身が曲がりくねったように見せかけたのだ。

「いいですよレオーネさん。そのまま続けて下さい」

「はい――――！」

歪みが広がり、最高潮に達すると、もはや目の前は何も見えない。

それから視界が戻り始め――戻った時には、壁も縁(へり)も無い空間がそこに広がっていた。

「……できた！」

レオーネの言葉の通りだ。その部屋にいた七人全員が、異空間へと入り込んでいた。

「わ！　来たわね。ほんとに『試練の迷宮』とか天上人(ハイランダー)の魔術にそっくり！」

ラフィニアが周囲を見回して言う。

ここは変な幻(まぼろし)が出たり、魔印武具(アーティファクト)の効果が封じられる事はないようだが。純粋に隔離用の奇蹟という事になる。

「レオーネ、大丈夫？　きつくない？」

まだ慣れないためか、少々辛そうである。

「だ、大丈夫――慣れてないだけだから。手合わせを始めていいわよ」

「分かった、ありがとう。ではリップルさん、お願いします」

「ん、分かった。ちょっと離れよっか？　ミリエラ、流れ弾は防いでね」

「はぁい。空間の強度も確かめたいですから、初めはかるーい感じで行って、それからちょっとずつ強くしていく感じでお願いしますねっ」

「はい、校長先生」

なら――はじめは武器も飛び道具も無い格闘戦で。

イングリスは一度、掌を拳でパシッと打つと構えを取る。

「りょーかい、ミリエラ。じゃあイングリスちゃん、おいで！」

これ程真っ直ぐに手合わせしてくれるなんて、リップルはいい人だ。

アカデミーに来て貰う事を提案して良かった。

「はい！　行きますっ！」

イングリスは地を蹴り、真っ直ぐ突進して拳を繰り出した。

小細工も何も無い真っ向勝負である。
「いいパンチだねっ！」

バチイイイインッ！

リップルの掌がイングリスの拳を受けると、その場に高く音が響（ひび）く。
空気が振動（しんどう）して震（ふる）えるかのようだ。
「速いし、重いよっ！」
リップルの逆の拳も、イングリスを狙（ねら）って飛んで来ていた。

バチイイイインッ！

「そちらこそ、重い拳です！」
今度はイングリスが、リップルの拳を受ける。
そのまま、相手を押（お）し込む力比べが始まった、
まだまだ小手調べだが、流石（さすが）天恵武姫（ハイラル・メナス）は凄い手応（てごた）えだ。

お互(たが)いの力が拮抗(きっこう)して、動きが止まってしまう。

「ふふっ……！」

リップルがにやりとする。

「？」

ふさふさしたリップルの尻尾(しっぽ)が、生き物のように動いているのだ。

けっこうな長さのあるそれが――

腕(うで)が伸(の)び切って空(あ)いたイングリスの腋(わき)を、こちょこちょとくすぐった。

「ひゃっ……!?」

これは予想外。思わずビクッと身を竦(すく)めてしまった。

力が緩(ゆる)んだ瞬間(しゅんかん)、リップルはもう身を捻(ひね)って、体のバネを溜(た)めている。

「隙(すき)ありっ！」

鞭(むち)のようにしなる上段蹴りが、すぐ目の前だ。

このままでは当たる！　ちょっとズルい気もするが、さすがだ！

「解除っ！」

超重力を自分にかけ続ける修練は、いつもの通りだ。

無論今もやっている。それを解くと――反応できないものにも反応できる！

イングリスは瞬間的に増した速さで、蹴りの軌道の外に身を運ぶ。

「うそぉっ⁉」

当たると思っていたリップルが吃驚する。

イングリスは、すかさず再び突進。今度は拳の連続打撃を繰り出す。

「はあああぁっ！」

「やあああぁっ！」

ドゴゴゴゴゴゴゴゴゴゴゴゴッ！

イングリスとリップルの拳と拳がぶつかり合い、重い音が空気を震わせる。

「す、凄いですわ……！　こんな戦いがあるんですのね――」

リーゼロッテは圧倒されて、思わずそう漏らしていた。

「でも、まだまだだよ。二人とも、格闘だけだもん」

「……後学のために、よく見ておきませんとね――」

高速の拳の打ち合いは、超重力を解除した分イングリスがだんだん圧していた。

「えぇぇぇいっ！」

甘くなったリップルの腕の防御を押し退け、肩口を拳がとらえた。

「あっ——つうっ⁉」

尻餅をつきつつ、リップルの体が後ろに吹っ飛ぶ。

だがすぐに体勢を立て直し、飛び跳ねるように起き上がる。

「やるなあ、イングリスちゃん——！」

「そちらも！」

拳に少し痺れが残っている。リップルの力が只者では無かった証だ。

「……じゃあ——そろそろ本来のやり方でやらせて貰うよ！　ボク、本来肉弾戦の人じゃないからね？」

リップルはすっとイングリスに向けて手を伸ばす。

その掌に——金色に輝く筒状のものが現れる。

「——銃⁉」

「そういう事♪」

と、リップルはにっこりと笑顔になった。

「なるほど……！」

リップルが先程シルヴァと相性がいいと言っていたが、武器が同じだからか——

少々違和感のある発言だったが、これを見て納得が行った。

「さあ、行くよっ！」

バシュンッ！

リップルが右手に握る銃から、光を凝縮したような輝く弾が発射された。

それは、真っ黒な空間にキラキラとした軌跡を残しながら、イングリスに迫る。

ラフィニアが持つ魔印武具の光の矢よりも、確実に速い！

「っ⁉」

大きく横に身を翻して避ける。

――それがいけなかったかも知れない。

着地を狙い澄ますかのように、リップルの銃から次弾が既に発射されていた。

「――⁉」

もっと紙一重でかわせば、その隙は生まれなかっただろう。

銃など前世に存在しなかったし、イングリス・ユークスとしてもはじめて対峙する。

だから慎重になり過ぎたか。これは反省をするべきところ。

だが――まだ、問題は無い！

ピキイイン！


イングリスの右手に氷の刃が現れる。

霊素を魔素に落とし込み形成した魔術によるものだ。

神の気である霊素をわざわざ力の劣る魔素に変換した上で操るという面倒な手順を踏むが、氷の剣自体の使い勝手は悪くない。

日々の訓練と、実戦でも割とよく使うがゆえの慣れもあり、ほぼ瞬時に発動できるようになって来た。

だから咄嗟に、リップルの放った光弾を弾き返すこともできる。


カキインッ！


澄んだ乾いた音を立て、イングリスの足元を狙った銃弾が弾かれる。

「むっ……!?　当たらないか、さすがだね！　じゃあ、これはっ!?」

言いながら、さらに三連射。

普通、銃というものは、弾をあらかじめ装填しておく手間がかかるものだ。

だがリップルはそういう余計な手間無しに連射をして来る。

「当たりませんっ！」

カキンカキンカキイィンッ！

三発全てを弾き返す。

リップルの目線、銃口の角度、指の動き。それらを注視すれば、軌道の予測はつく。

「あっ⁉　しまった！」

でも声を上げてしまったのは、弾いた光弾がミリエラ校長達の方に飛んで行ったからだった。

だがその弾は、うっすらと輝く壁によって阻まれてその場に転がった。

何かしらの防御結界を張ってくれていたようだ。

「このくらいなら大丈夫ですよお。あくまでこのくらいならですけど――」

と苦笑い気味なのは、ますます戦いが激しくなるのを危惧しているのかも知れない。

「ありがとうございます。なら思い切り、やれますね！」

「私の言ったこと聞いてくださいね⁉」

それを聞き流しつつ、イングリスは前に踏み込む。

距離を詰めて、こちらから攻撃に出ないと始まらない――

いや、正確には霊素弾など撃てば反撃は可能ではある。

だが、それをする事には意味を感じない。

リップルの強みは、隙の少ない銃撃により相手との間合いを完全に制し、そのまま倒してしまう事だ。

ならば、それをかいくぐって近接攻撃で挑んでこそ、最も自らの経験と成長に繋がる。

相手の強みを真っ向から受け止めて、その上で勝つ。

それがイングリス・ユークスとしての戦い方である。

銃撃を紙一重で避けつつ、前にも踏み込み、どうしても当たりそうな弾だけは剣で打ち払う。

回避と、踏み込みと、薙ぎ払いと、それぞれを瞬時に判断し、接近して行く。

「ふふふ……！　だけどボクも止まってないからねっ⁉」

「追いついて見せますっ！」

イングリスとリップルの距離は徐々に縮まって行く。

「嬉しそうな顔しちゃって！　そんなに喜んでくれると、ボクも楽しいよ！」

――が、まだリップルの顔には余裕があった。

まだ打てる手はある。それをいつ出すかの問題だった。

しかし――今のままでもイングリスは十分に凄い。

見切りが的確で動きも超がつく程に俊敏、さらに一つ一つの動きが流れるようで、美しささえ感じる。

エリスやラファエルより速いのではないだろうか。

エリスの情報によると、良く分からない力で更に速くなるらしい。

底知れない少女だ。あんなに可愛らしいのに。

だがその得体の知れなさも、虹の王を倒したいなどという大言壮語も、リップルとしては歓迎したい。

理解不能な者こそ、自分達にはどうにもならないものを打ち破ってくれるかもしれないからだ。

是非、全力を出す姿くらいは見てやろう――

そして、イングリスがリップルの右手の銃撃をかいくぐり、目の前までやって来た。

銃口に正対し辛いように、きっちりリップルの左側に回り込んできている。

あと一つ踏み込めば、剣が届く距離だ。

これは、イングリスにしてみれば絶好の攻撃のチャンスだ。

絶対に踏み込んで来る――その出鼻を撃つ！

リップルは攻撃を繰り出そうとするイングリスに、空いていた左手を突きつけた。

その手の中に――すっと黄金に輝く銃が姿を見せる。

「⁉　もう一つ⁉」

「そ！　二丁拳銃っ！」


バシュンッ！


「くうっ⁉」

イングリスはギリギリ身を捻って何とか直撃を避けたが、弾は肩をかすめた。

服が破れてその部分が飛び、弾の威力の余波で全身が後ろに押された。

「隙あり！　そこっ！」

「まだまだっ！」

吹っ飛ばされながらも、何とか体勢の立て直しを試みる。

容赦なく追いかけて来る銃撃を、後退しながら氷の剣で何とか弾くが――

体勢が立て直った時には、もうリップルとの距離は、最初以上に開いていた。

「攻守逆転だねっ！　これでも近づける⁉」

「くっ――！」

弾幕に隙がない――！

リップルの銃は全く弾切れをしないし、当たらないまでも、近づく余裕が無くなった。

回避と、銃弾を薙ぎ払うので手一杯だ。

このままこれを続ければ、いつかリップルの銃が弾切れするだろうか？

それともこちらの体力が尽きるか……？

「――いや！」

打つべき手が見えた！

攻守が逆転したせいで、動き回っているのはこちらだけ。

リップルの足は止まっているのだ。

ならば――！　イングリスはわざと後ろ脚を引き、半身になって立った。

氷の剣は両手で柄を握り、体の横の腰の高さで構える。

剣の速度と操作性を高めるためだ。

バシュバシュバシュウウゥンッ！

リップルの三連射はその半身の範囲（はんい）に当たるように、近い軌道で飛んで来る。

――イングリスの目が、獲物（えもの）を狙う猛禽（もうきん）のようにギラリと輝いた。

「見えたっ！　はあぁぁあっ！」

イングリスの氷の剣が一閃（いっせん）！

カキカキカキイイイインッ！

二つの済んだ乾いた音が響いて――リップルはその後の光景に驚愕（きょうがく）していた。

光弾が跳ね返っていたのだ。まっすぐに、リップルに向かって。

「ええええぇえっ⁉」

驚愕して思わず声を上げた。

リップルも天恵武姫（ハイラル・メナス）になって長いが、この銃撃を剣で受け流されたことはあっても、そのまま撃ち返されたのは初めてだった。

リップルが攻撃的（こうげきてき）になって足を止めたため、撃ち返せば当たると狙われたのだ。

何という、恐（おそ）ろしい技を持っているのか。

これは単なる力の問題ではなく、超絶的な技巧だ。

何故こんな若くて可愛い子に、こんな技量が備わっている――⁉

「くっ……⁉　このっ！」

リップルは向かってくる銃弾を銃弾で迎撃する。

二発までは撃ち落とせたが――一発はこのままでは当たる！

「っと――！」

飛び退いて避けざるを得ない。その間銃撃は一瞬止まってしまう。

イングリスからも目を離すつもりは無かったが、それでも――

「⁉　いない……！」

姿が消えた――⁉

と思った瞬間、視界の端にふわりと美しい銀糸が舞った。

それは、イングリスの長い銀髪が揺れ動く光景だった。

つまり――もう間近。懐に潜り込まれている！

「！」

「はあぁぁっ！」

ドゴオォォッ！

イングリスは突進の勢いそのまま、肩と背中をぶつける体当たりをリップルに見舞う。

「うわあああぁぁぁっ!?」

体重の軽いリップルの体は、その勢いと衝撃に押されて大きく吹き飛んだ。

結界を張るミリエラ校長の方向に飛んで行き――

バァン！　と弾き返されるかと思いきや、意外にふんわりと受け止められるように着地した。

ミリエラ校長がそういう風に結界を操ったのかも知れない。

「あいたたたぁぁ……すっごい体当たり。パワー凄いね。それにボクの銃弾を弾いて撃ち返すとか、変態じみてるよイングリスちゃん。あんなの初めてだよ」

「わたしも一応、格闘ではなく剣が一番得意なので――」

とはいえ、本当は二丁拳銃で弾幕を張られようとも正面突破をしたかった。

飛び道具に頼ってしまったのは少々不満だ。

さすが天恵武姫は強くて、思い通りにはなってくれない。

――とりあえず、手合わせの続きだ。まだ終わっていない。終わりたくない。

「さぁリップルさん、続きを――」

その時、リップルは後ろのミリエラを振り返っていた。

「ミリエラありがとねー、結界で受け止めてくれて。痛いのが一回で済んだよ」

「いえ……私何もやってないんですけどねえ？　バチーンと激突(げきとつ)すると思ったんですが、何だかリップルさんが触(ふ)れると、結界が吸われたみたいに消えちゃいましたよお？」

と、ミリエラ校長は首を捻りながら身に着けている指輪を見ていた。

これが結界を張る魔印武具(アーティファクト)なのだろうか。

「それは、どういう――魔素(マナ)が吸い取られたと？　ミリエラ、君が意図的にやったのではないんですね？」

「ええ――そうですよお」

セオドア特使には何かひっかかったらしく、念押(ねんお)しをしていた。

何だか雲行きが怪(あや)しい感じがする。

「あの、続き……」

しかし、誰(だれ)も聞いてくれなかった。自然と手合わせが終わった流れになっている。

誰も終わったつもりはないのだが……？

「……誰か、他の方の魔印武具(アーティファクト)でも試(ため)してみて下さい。危険ですから、攻撃ではない能力のもので――」

「では、わたくしが」

と、手を上げたのはリーゼロッテだった。

彼女(かのじょ)の魔印武具(アーティファクト)は純白の翼(つばさ)を生み出し飛行能力を得るものであり、単純な攻撃用ではない。

「ではお願いします」

「はい――これで如何(いかが)ですか？」

「ありがとうございます。ではリップル殿(どの)、あの翼に触れて見て下さい」

「うん、分かった」

と、リップルはリーゼロッテの背に現れた翼にペタペタと触れる。

「あの……！　手合わせはまだ終わってな……んぐっ!?」

「はいはい、クリスは黙(だま)ってなさい。真面目(まじめ)な話なんだから」

ラフィニアに口を塞(ふさ)がれた。そうしている間に真面目な話が進行する。

「二人とも、何か違和感はありませんか？」

「何もございませんわ？」

「うん。普通だねえ」

「ではミリエラ。あなたが彼女の魔印武具(アーティファクト)を借りて使ってみて下さい」

「て、天使の羽ですかあ。年齢的(ねんれいてき)にちょっと似合いませんよねえ──」

「ま、あの羽が許されるのは、若くて可愛いうちだけだよね。二十代前半までだねー？」

「ううう……」

「ふふふ。はい、どうぞお使いになって下さい。校長先生」

「リーゼロッテさん！　笑っていられるのも今のうちだけですからねえ？　すぐにあなたにもその時は来ちゃうんですから！」

「は、はあ……？」

「ミリエラ、生徒さんを困らせている場合ではありませんよ」

「はぁい。じゃあ──えいっ！」

ミリエラ校長の背にも純白の翼が現れた。

「さっきと同じで、これを触(さわ)るんだよね？」

とリップルが翼に手を触れると──

シュウウンッ！　何かに吸い込まれるように、翼は消失して姿を消した。

「やはり魔素(マナ)を吸っている──それも、ミリエラのものだけを……！」

「……天恵武姫(ハイラル・メナス)は特級印を持つ聖騎士(せいきし)の力のみを受け付けるから──ですかねえ？」

「ええ。本来ならリップル殿の意思と特級印の力により発動する武器化の機能が、おかしな具合に歪められているんですね。特級印を持つミリエラの魔素を勝手に吸い取ろうとしている。そうして、一定の魔素が貯まると――」

「あ……っ⁉」

ヴヴヴゥゥンッ！

リップルの体を黒い球体が覆った。魔石獣が現れる前触れだ。

「やはり、魔石獣を呼び寄せる……という事ですね――！」

セオドア特使が表情を鋭くする。

「ご、ごめんイングリスちゃん――あとお願い……！」

リップルはそう言い残して、気を失って倒れてしまう。

地面に倒れ込む前に、イングリスはその体を受け止めた。と、ここで――

「ご、ごめんなさいもう限界ですっ！」

じっと集中して空間を維持していたレオーネが、そう宣言をした。

相当の負荷がかかっていたようで、かなり汗をかいている。

目の前の光景が切り替わり、元の校長室へと戻って来た。
そこに、魔石獣が頭上から降って来た。

がしゃあああぁぁぁんっ！

校長室の机が粉々に破壊された！
「あぁぁぁぁぁ！　私の机がっ⁉」
ミリエラ校長の悲鳴を聞きながら、イングリスは現れた魔石獣に目を奪われていた。
今現れたのは一体のみ。これまでと同じく、耳と尾のある獣人種の魔石獣だ。
しかし――
「お、おっきい……！　何よこれ！」
ラフィニアの言う通り、大きい。これまでの倍以上ある。
体がより硬質な鉱石のようなものに近くなっており、その色の種類も増えた。
瞳自体が真っ黒い宝石のようになっており、闇の属性の力を――
つまり、これまでのものより上位の力を身につけた個体であることが分かる。
ミリエラ校長の魔素を吸った分、強い魔石獣が呼び寄せられたのだと解釈できる。

「気を付けて、ラニ。きっと魔石獣になったラーアル殿やセイリーン様くらい強いよ」

セオドア特使曰く今リップルの身に起きている現象は、天上領側が意にそぐわない地上の勢力を制裁するために用意した罠のようなもの。

正直、天上領の仕業にしては、少々手ぬるいなと思っていた所だ。

今までのレベルの魔石獣を呼び出す程度では、確かに頻度は多いにせよ、自然に虹の雨が降るのとそう変わらない。

だが、さすが天上領はそれだけではなかった。

それでこそ、リップルを騎士アカデミーにと進言した価値がある。

「どうでもいいけど、台詞と顔が合ってないわよ、クリス！」

「おっと、いけない――任務だし顔だけは真面目にしておかないとね」

「別にそれはいいですから速攻で倒して下さい！」

言いながらミリエラ校長が結界用の魔印武具を振りかざす。

窓の外が結界の光に覆われるのが見えた。

「くれぐれも相手の力を全部見てから――とかはやめて下さいね！」

機先を制されてしまった。

「……わたし、人は長い目で見る主義なんですが――？」

「周辺への被害は最小にとどめる方向で！　決して校長室に私物もあるからとかではないですからねっ！　本当ですよっ⁉　本当に本当ですよっ⁉」

「…………」

まあどちらでもいいが――

確かに支給された結界の魔印武具は範囲がやや広いので、その内部の、戦場となった建物が壊れたりすることはあり得る。

「レオーネ。もう一度さっきの異空間は？」

「すぐには無理よ！　悪いけど――！」

「！　皆さん、お気を付けになって！　何か仕掛けてきますわよ……！」

グオオオオォォォーーーーッ！

魔石獣が大きな雄叫びを上げると、その周囲にいくつもの黒い光点が収束を始めた。

色は違うが、前に見た魔石獣化したセイリーンが放つ熱線に似た力の流れを感じる。

という事は――光を放射して攻撃するような技になるか。

「光を放つつもりですね――！」

この建物の中で四方八方にそれを放てば――まずい事になる。

「えぇっ!?　と、止めて下さいっ！」

確かに、防いだ方がいいだろう。

「クリス……！　遊んでる場合じゃないわよ！」

『うん分かってるよ、ラニ！』

校長室の下の階には食堂があるのだ。

この位置関係であれを放てば、食堂に被害が出るのは免（まぬが）れない。

それは避けねばならない――絶対に！

「校長先生！　一度結界を解いてください！　そうすれば何とかします！」

イングリスはミリエラ校長にそう願い出た。

「は、はい――！　ではお願いしますイングリスさんっ！」

ミリエラ校長の結界が解かれる。

「はい……！」

自重は、しない！

イングリスはすかさず霊素殻（エーテルシェル）を発動。

霊素（エーテル）の青白い光に覆われたイングリスは、一筋の閃光（せんこう）のような速さで、魔石獣に向かって踏み込んでいた。

——大きく腰を捻り、蹴り足を振りかぶりながら。

「止められないまでもっ——！」

光が放たれても問題のない場所まで、吹き飛ばす！

ドゴオオオオォォォォンッ！

イングリスが振り抜いた蹴りで、魔石獣の巨体は猛烈な速度で宙に飛んだ。

屋根を天井と屋根をバリバリと突き破り、一瞬で豆粒のような大きさになった。

そこで、黒い光が周囲に向かって拡散していた。

空の上なので、特に何も被害を及ぼさない。

——食堂は守られた。良かった。

「いいわよ、クリス！　あたし達の食堂は守られたっ！」

「相変わらずイングリスはイングリスね……！」

「……う、うわあぁ！　す、凄い勢いで飛んで行きましたねえ！」

「と、とんでもない馬鹿力ですわね……！」

「す、凄い力だ……こ、これは一体──⁉」

「すみません校長先生。天井と屋根には穴が開いてしまいました」

ぺこり、と一つ頭を下げる。

「ま、まあいいですよ。それくらいなら損害は軽微（けいび）ですし──」

「で、でも落ちてきますわよ⁉　それに魔石獣に物理的な力は効きませんから、蹴っただけでは倒せませんわ！」

「うん。とりあえず、校舎に落ちないようにするね」

実際霊素殻（エーテルシェル）の状態で蹴ったので、魔石獣にはかなりのダメージになっているはずではある。

しかし、倒した事の確認（かくにん）はするべきだし、校舎に落ちてこないようにする必要はある。

「はあぁっ！」

イングリスは天井に空いた穴から上へ上へと飛び上がり、屋根に上った。

後からラフィニア達もついて来て、皆（みな）で落下する魔石獣の軌道を見守った。

「──校舎には落ちてこないわね」

「そうね、校庭に落ちそう！」

「落ちたらすぐにとどめですわね！」

少し落下地点がずれて、校庭に落ちそうである。

だが――

「あっ！　向こうから誰か来たわよ⁉」

「ユア先輩⁉」

丁度ふらっと、ユアがその場を通りかかった。

「ユアさーーーーーーん！　上上っ！　危ないですよおおぉぉぉーーっ！」

ミリエラ校長が大声で警告する。

ユアは上を見上げ――落下する魔石獣に気が付いた。

そして――

「ちょあぁぁ～～っ」

ユアは何でもない感じで手刀を一閃。


ズバシュッ！


落ちて来た魔石獣の体を、真っ二つに両断した！

「おぉぉぉぉ～～っ！　ユア先輩、すごい……！」

霊素殻の蹴りで瀕死だったとはいえ、あの魔石獣を手刀で両断するとは。これは素晴らしい。やはりユアは逸材である。

是非とも、手合わせをしてもらわなければ。

魔石獣はユアの手で両断されると消滅して行った。

ユア自身も、そのまま何事も無かったかのような足取りでトコトコ寮に帰ってしまう。

その様子を見届けると、セオドア特使は一息をついて言う。

「……黒い光は消えました。もう魔素の暴走は感じません。暫くすればリップル殿も目を覚ますはず——今日は色々と分かりました。空間隔離用の魔印武具の動作も問題ないようですし、暫くは現象の再発は無いでしょう。皆さんありがとうございました」

「セオドア様、どうしてそう言えるんですか？」

と、レオーネが質問をする。

「あの現象が、リップル殿自身か特級印を持つ者の魔素を吸収する事によって起きる事がはっきりしたからです」

「今の魔石獣の召還で魔素が尽きたため、再び現象が起きる水準に達するのには時間がかかる——という事ですよね？」

「ええ。イングリスさんの言う通りです。よく理解なさっていますね」

と、向けてくる笑顔の温和さは、妹のセイリーンによく似ている。やはり兄妹だ。

「セオドア様、あたしも分からない事があるんですけど――」

「ええ。どうしました？」

「どうして、いつも出て来る魔石獣が元獣人種のものばかりなんですか？」

「……推論ですが、やはりリップルさん自身が獣人種であるからでしょう。獣人種は第六感的な感応能力に優れ、言葉を発しない念話で意思疎通する事すら可能だったようです。そういった獣人種同士の繋がりを利用して、魔石獣を呼び寄せているんですね」

その説は恐らくその通りだろう、とイングリスも思った。

ミリエラ校長の魔素も合わせ、普段よりも強力な魔石獣を呼び出したのにそれも獣人種のものだった。恐らく獣人種の魔石獣に限定された召還機構なのだろう。

「リップルさんにしか、この仕掛けは組み込めないというわけですねえ……」

「ええミリエラ。むしろこれを組み込みたいがために、獣人種の天恵武姫を生み出した可能性すら考えられます」

「虹の雨によって滅びた獣人種を利用するために――ですか」

さすがにミリエラ校長の表情も重く、鋭くなっていた。

「天上人の多くは、地上を対等に見ていない……何をしても、何を試しても構わないと思っている――だからこそこんな発想が生まれます。同じ天上人として、恥ずかしい事ですが……」

「リップルさん、可哀相……仲間をそんな事に利用されるなんて――」

「天上領にとっては、私達も何もかもただの道具でしかないのね……」

「本当にひどいですわ！　リップル様はずっとわたくし達の国を守ってくれているのに」

「まぁまぁみんな。物は考えようだよ」

と、言いながらリップルが身を起こした。意識が戻ったらしい。

「逆に考えるとね、魔石獣になっちゃった仲間達を眠らせてあげるいい機会かもしれないじゃない？　仲間達も魔石獣のままなんてイヤだろうし。周りに被害さえ出なければ、きっと仲間達も喜んでるよ」

「リップルさん……はい、あたし達が絶対被害は出させません！」

「ありがと。ボク気絶しちゃって手が出せないけど、遠慮せずに思い切りやっちゃって」

「……で、あれば一つ対策を思いついたのですが、よろしいですか？」

と、イングリスは小さく手を上げる。

「ええ。イングリスさん、聞かせて下さい」

「校長先生や、シルヴァ先輩や、それにラファ兄様にも協力頂いて、リップルさんに大量の魔素を吸って頂きます。そうすれば強力な魔石獣を大量に呼び寄せる事が出来ます。それを全て倒して倒して倒し尽くせば――」

リップル達の話を聞くに、獣人種は既に種として滅んでおり、新たに増える事はない。

あの現象が獣人種の魔石獣限定で召還をするならば、数に限りがあるはずなのだ。

「いずれ呼ぶべき獣人種の魔石獣が尽き、召喚をする機能も無効化されるのでは？」

「く、クリスらしいわ……全部呼びつけて全部倒しちゃえ♪　って事でしょ？」

「うん。いいと思わない？」

イングリスとしても思う存分戦えそうである。

ラファエルやミリエラ校長やシルヴァの全力も見られそうだし、ユアやエリスの全力も見られるだろう。

なかなか見応えのある戦場となるはずだ。想像するとわくわくしてくる。

「よ、良くは無いけど――上手く行けば解決しそうではあるわね……イングリスらしいわ。本当に……」

「力押しの極致ですわねえ――でもわたくしは、意外と悪くないと思いますわ」

「ははは……それが上手く行くならボクもありだと思うけどね」

「いやいやいや、でも要は総力戦ですからねえ……こちらの被害も十分覚悟しないとできませんよお。最終手段ですねえ、それは。ね、セオドアさん？」

「ええ、そうですね――もう少し、別の手段を検討……」

とのセオドアの言葉の最後が、校長室の扉を慌ただしくノックする音で掻き消された。

「どうぞ～？　何か急ぎの用ですかあ？」

扉が開き、姿を現したのは――

ラファエルと、そしてエリスだった。

「ラファ兄様！」

「エリス！」

ラフィニアとリップルが声を上げる。

「やあラニ、クリス。すまないけど急用なんだ」

「リップル――心配していたわよ、後で話を聞かせて。今は急ぎだから」

「お二人とも、どうかなさいましたか？」

「セオドア様をお迎えに上がりました！　すぐに城に戻って欲しいとウェイン王子が」

「何かありましたか？」

「隣国ヴェネフィクの軍が、国境を越えて侵入してきました！　すぐに対策を相談したいと……！」

「……!?　そうですか、ではすぐに参ります！」

セオドアは厳しい表情で頷（うなず）いた。

王都郊外の低空に、天上領の飛空戦艦が滞空している。

船体下部の格納庫が解放され、そこに続々と機甲鳥や機甲親鳥が吸い込まれて行く。

これから隣国ヴェネフィクとの国境地帯に出撃する騎士団の、出撃準備だった。

イングリス達もその手伝いに駆り出され——今はラフィニアの操る機甲親鳥に同乗していた。

これ自体と、搭載した機甲鳥や兵糧などの物資を飛空戦艦の格納庫に搬入するのが目的である。

アカデミーでも機甲鳥の訓練は既に盛んに行われているが、機甲親鳥の方はまだ触った程度だ。

ラフィニアにとっては、いい訓練になっているだろう。

「ふー。結構疲れるわね、これ」

と、ラフィニアは額に滲んだ汗をぬぐう。

機甲鳥は機甲親鳥に搭載、接続する事によって動力を充填できる。

が、機甲親鳥の方の動力がどうなっているかと言うと、魔印武具のように魔素を供給する必要がある。

あらかじめ充填しておく事も可能だが、今はラフィニアが直接動力供給を行っていた。

だから操縦していて、疲労感があるのだ。

機甲親鳥への動力供給が出来ないと、動力切れの場合に再充填が出来ず、搭載している機甲鳥もまとめて機能不全に陥ってしまう。

だから必ず、機甲親鳥には担当の騎士をつける必要がある。

それも、中級印以上の騎士が望ましい。

下級印の魔印の騎士では、直接動力供給で機甲親鳥を動かせる程の出力にならないからだ。

ラフィニア達のような上級印を持つ上級騎士ならば、もっと望ましい。

機甲親鳥への充填量、速度共に魔印の強さが影響してくる。

現在の騎士団の制度では、機甲親鳥とそこに搭載される複数の機甲鳥、それらを操る人員をまとめて一つの隊と考える。

ラフィニアやレオーネやリーゼロッテ達は、アカデミーを卒業して正式に騎士団に入った瞬間(しゅんかん)から、一つの隊を任される隊長になるはずだ。

　アカデミーでもそれを見越(みこ)した訓練が行われていく事になるだろう。

「ではわたくしが代わりましょうか？　わたくしも練習しておきたいですし」

「うんお願いリーゼロッテ」

　と、ラフィニアは操縦桿(そうじゅうかん)をリーゼロッテに任せ、船縁(ふなべり)に立つイングリスの隣(となり)に並ぶ。

「お疲れ様(さま)、ラニ。飲む？」

「うん、ありがとクリス」

　イングリスが差し出した水筒(すいとう)の水をゴクゴクと飲み、ラフィニアはふうと一息。

「まだまだ運ぶものあるし、先は長いわねー」

「リーゼロッテの次は私が代わるわね」

　と、レオーネが言う。

「わたしは今日は、水筒係ね」

　イングリスは、首から下げた皆の分の水筒をカラカラと振る。

「クリスってば、今日は戦いじゃないからってサボる気ね……」

「いや、機甲親鳥(フライギアポート)はラニ達が動かした方がいいでしょ？」

「まあ、戦いのときはいつもイングリスが頑張(がんば)ってるから――」

「それはいいのよ。クリスは好きでやってるし生き甲斐（いがい）なんだから」

「うん。一つも反論の余地はないよね」

「ははは……まあイングリスがそう答えないと逆に不安になるわよね」

レオーネが苦笑（にがわら）いする。

「しかし船が大きいから、ホント搬入が大変。あたし達も駆り出されるわけよ」

「出撃まで時間も無いしね」

前に天上領（ハイランド）への上納の際に王城に墜落（ついらく）しかけた船より更（さら）に一回りか二回り大きい。船全体の装甲（そうこう）や武装もさらに重層化されており、相当な迫力（はくりょく）がある。

セオドア特使の専用船との事だ。

「だけど、セオドア様って本当に色々して下さるわよね――こんな船まで出してくれるんだから……」

「多分、天上領（ハイランド）の本国側に対しては相当危ない橋を渡（わた）ってると思う」

天上領（ハイランド）から地上へ空飛ぶ船を下賜（かし）する事は、まだ許可されていない。

だから今度の扱（あつか）いは、あくまで王国側の騎士団とセオドア特使の視察の場所が一緒（いっしょ）だっただけだ。

屁理屈（へりくつ）の類だが、それだけセオドアが危険を冒（おか）してくれているという事になる。

「――中に入りますわよ！」

リーゼロッテが少々緊張気味に、機甲親鳥を飛空戦艦の格納庫に侵入させる。

飛空戦艦の格納庫の中には、既に機甲親鳥が多数運び込まれており、正規の騎士団の人員も大勢いた。

彼等もこの戦艦を扱うのは初めてだからか、少々戸惑いを含んだざわめきが聞こえる。

「空いている所に降ろしますわね」

リーゼロッテは慎重に機甲親鳥を奥に進める。

「済まない！　それはこちらに降ろしてくれるかい！」

と、下から声をかけてくれるのは、ラファエルだった。

ここで陣頭指揮を執っているらしい。

少し離れた所にはエリスもいて、作業の様子を見守っているようだった。

「うんうん。ラファ兄様はこういう事でも人任せにしないで真面目よね～」

ラフィニアは嬉しそうで満足そうだった。

「はい！　承知いたしました！」

リーゼロッテは緊張気味に応じ、指示された場所に機甲親鳥を近づける。

壁や他の機甲親鳥に衝突してはいけない。

地味だが、気の抜けない作業だ。

イングリスも着地地点に注目していたが――

そこをふっと、別の機甲親鳥が横切って行った。

地面すれすれの超低空。

よく見ると、誰かが手で機甲親鳥を抱えて運んでいたのだ。

「おお……!?　何だあの力は――」

「す、凄いな――アカデミーの学生だろ、あの子は……」

「しかも従騎士科じゃないのか、彼女――」

イングリスに対してではない。

イングリスはラフィニア達の水筒を抱えて待機中である。

「ユア先輩……?」

今日はシルヴァ達三回生がリップルの護衛に付いており、一回生、二回生はこの通り出陣準備の手伝いだ。

ユアは機甲親鳥を一機丸ごと抱え上げ、それを奥に運んでいる所だった。入り口側のスペースを空けようという事らしい。

中がざわついていたのは、彼女の力に皆が驚いていたからだったようである。

『ふふっ……ラニ、わたしも働いて来るね！』

「あっ！　クリス――！」

イングリスは機甲親鳥（フライギアポート）から飛び降りると、ユアに接近した。

「ユア先輩、手伝います！」

「うん……？　じゃあこれ奥にお願い」

ひょい、と機甲親鳥（フライギアポート）を丸ごと渡された。

「……っ⁉」

ずしいいいいいっ！

機甲親鳥（ソライギアポート）本体に加え、いくつも機甲鳥（フライギア）が接続された状態だ。その重さは半端（はんぱ）ではない。

「とと……！」

ふらついてしまい、自分への超（ちょう）重力（じゅうりょく）を解除して持ち直した。

「ふう」

――重力の枷（かせ）を外せば、普通（ふつう）に持てた。

つまりユアには何でもない平常時でこの位の力があるという事か。

「大丈夫（だいじょうぶ）？」

「はい。大丈夫（だいじょうぶ）です！」

イングリスとユアはひょいひょい機甲親鳥（フライギアポート）を持ち上げ、どんどん奥に並（なら）べ替えて行った。

「あっちの子も凄いぞ――！」

「あの子もアカデミーの従騎士科か……!?　従騎士科とは一体――!?」

「「しかしなんて可愛（かわい）いんだ――」」

そこが一番声が大きかった。まあ、別にどうでもいいが――

「ん。これで終わり。ありがと、おっぱいちゃん」

やはり名前では読んでくれないのだった。

毎度毎度おっぱいちゃん呼ばわりは恥ずかしいのだが、この程度ではへこたれていられない。手合わせしてくれるまで引く気はない。

「いいえユア先輩。ところでまだこの程度では、動き足りなくありませんか？」

「……別に。動くのキライだから」

「あの、この間上から落ちてくる魔石獣（ませきじゅう）を手刀で切り裂（さ）いていたのは凄かったです。どうやったのか是非教えて頂けませんか？」

「……別に、力を入れてざくっとやっただけ――」

教えないと拒否されるわけではないが、要領を得ない答えしか返ってはこない。

「ぜひ、実践を交えて教えて頂けると嬉しいのですが」

「私は別に嬉しくないけど——？」

「ま、まあそうですが……では交換条件では？　わたしも何かユア先輩の嬉しい事をさせて頂きますので」

「だったら、わたしも教えてほしい事ある」

ちょっと興味を引けたらしい。

「おぉ……何ですか？　何でも言って下さい！」

「どうやったらそんなに胸が大きくなるの？」

「え？　えーと……これは自然と——としか言えませんが」

そう返すと、ふるふると首を振られた。

「それじゃ参考にならない。私、巨乳になってモテたい」

と、胸元を揺すろうとするのだが、そこに殆ど膨らみは無い。

多分ラフィニア以上に無い。かなり華奢で、ほっそりしているのだ。

しかし、騎士アカデミーでそんな事を言う人を始めて見た。

やはりユアは常人とは何かが違う。

りでは……」

「は、はぁ……で、ですが重くて肩が凝ったりしますすし、注目も浴びますし、いい事ばか

と、言っていて何だか恥ずかしくなって来た。

自分の発言内容がもはや完全に女の子のそれで、英雄王イングリスの面影がまるで無いと気づいたからだ。

「わ、わたしはそういうつもりではありませんっ……！」

「上等。私もおっぱいちゃんみたいに、世間に谷間を見せつけてやりたい」

慣れとは恐ろしい。一体どこまで慣れて行ってしまうのだろう。

何という恐ろしい事を言うのか。

自分で鏡に映して喜んだりする事はあるが、あくまで自分の為で人の為ではない。

「とにかく、私の胸を大きくする方法を教えてくれたら、いくらでも戦ってあげる」

「う、うーん……わ、分かりました――」

イングリス自身は、気づいたら大きくなっていたので全く見当もつかないが――

後で皆に、何か方法はないか話を聞いてみようと思う。

「じゃそういう事で」

ユアは無表情にそう言うと、すたすたとその場を去って行った。

それを見送ると、イングリスはラフィニア達の所に戻った。

既にリーゼロッテの操る機甲親鳥(フライギアポート)は、無事に着地しているようだった。ラフィニア達は輪になって、こちらの様子を眺(なが)めている。

「クリス、ありがとう。手前の方が開いて、搬入が続けやすくなったよ」

輪の中にいるラファエルが、そう声をかけて来た。

「いえ、お安い御用(ごよう)です。ユア先輩とお話もできましたし」

「何を話してたの？　また戦うのはイヤって言われたの？」

「ううん、ラニ。戦ってもいいけど、代わりに教えて欲しい事があるって」

「何を？」

「胸を大きくする方法」

「……ふふっ。あたし、ユア先輩とは気が合いそうだわ」

「そ、そんなに重要な事なのかしら――重くて肩が凝るし、注目も浴びるし、いい事ばかりじゃないのに」

「…………」

レオーネはイングリスと全く同じ事を言う。

女の子のレオーネがイングリスと同じ事を言うということは、自分の感性も立派に女の子と化しているという事。別にいいのだが、やはり少々気恥かしい気もする。

ただし、ユアの言う「巨乳になってモテたい」というのは全く同意できないが。

男にモテて何が嬉しいんだ、と思う。

そう言う部分ではまだまだ自分は健全である。

ある程度胸がある方がドレスが似合う、だとか、鏡に映した自分自身の姿に満足感がある、という事なら同意するが。

「それは贅沢な悩みってやつよ。何の努力もしないで大きい子には、持たざる者の気持ちは分からないのよ」

ラフィニアの鼻息は荒かった。

「ラニ、色々試してたよね？」

「うん、こう見えて相当努力してるわ！」

「後で何を試したか教えてね？　それは効果無いって事だから、先輩には勧めないでおくから」

「しくしく……うるさいわねえ！」

「まあまあ――ラファエル様とエリス様の前で見苦しいですわよ」

「リーゼロッテはちゃんとあるから、余裕で構えてられるのよ！」

「肩が凝るほど大きいわけじゃないし、ある意味一番いいわよね――」

「は、はあ……」

止めに入ったリーゼロッテだが、ラフィニアにもレオーネにも羨ましそうな目で見られて戸惑っていた。

「それに、リンちゃんに胸元でもぞもぞされなくていいし」

「そうね、イングリス。一度リーゼロッテも体験しておくべきよね」

「よし、リンちゃん。リーゼロッテの服の中に入っていいわよ！」

ラフィニアがリンちゃんをリーゼロッテに放った。

もぞもぞもぞもぞっ！

「きゃあっ⁉　あ、だ、ダメですわ、くすぐったいです……！　ひゃんっ⁉」

ひとしきり満足すると、リンちゃんはイングリスのところに戻って胸元に収まった。

「結局戻って来るんだから」

つんつんと突っついてみると、お返しとばかりに胸元でふるふる暴れ出す。

「も、もうリンちゃん……！」

「やっぱおっきいのが揺れてると見応えあるわね～。ユア先輩の気持ちも分かるわよ」

うんうんと頷くラフィニア。

そんな様子を見て、エリスがため息をついていた。

「……ラファエル。こういう時は、現場の指揮官が引き締めなくていいの？」

「あ、そ、そうですよね。す、すみませんエリス様……」

「仕方ないですよエリスさん。ラファ兄様はクリスがいるとクリスばっかり見てるから」

「こ、こら、ラニ……！」

「わー、ラファ兄様が怒った♪」

エリスが再びため息。

「こっちも騒がしいわね――」

イングリスはそんなエリスに話題を振ってみた。

「ところでエリスさん。エリスさんは何かご存じありませんか？」

「何を？」

「胸を大きくする方法を」

「……天恵武姫にそんな下らない事を聞いたのは、あなたが初めてだわ」

「わたしにとっては死活問題ですので！」

全てはユアと手合わせするために。

エリスはこれから隣国ヴェネフィクとの国境地帯に出撃するため、聞くなら今のうちである。

「……知らないし、興味も無いわよ。天恵武姫(ハイラル・メナス)は天恵武姫(ハイラル・メナス)になった時から、年を取らなければ、成長もしないのよ」

「天恵武姫(ハイラル・メナス)になる前には何か……？」

「昔過ぎて、覚えていないわね。それに、呑気(のんき)にそんな事を考えていられるような平和な生活でもなかったわ」

「……という事は、つまり何かしらの恐ろしい敵がいたという事ですね⁉　それは魔石獣(ませきじゅう)ですか？　もう倒(たお)されたのですか？　もしまだ生きているならば、ぜひ戦(たたか)わせて貰(もら)いたいのですが？」

「……あなた、本っっっ当にそればかりね」

エリスは深く深くため息を吐(つ)き、頭を振(ふ)っていた。

「そんな事より、リップルの様子はどうなの？」

「特に変わりはありません。相変わらず魔石獣を召喚する現象は続いていますが、外部への被害(ひがい)は食い止められています。セオドア様が今回そちらに同行されますから、お戻りになられるまでは現状維持(いじ)ですね」

「……そう。よろしく頼(たの)むわね、リップルの事」

「はい。任せて下さい」

イングリスが応じる横から、ラフィニアが顔を覗かせる。

「あたし達も頑張りますから、エリスさんもヴェネフィクに負けないで下さいね！　みんなで協力して魔石獣から身を守らないといけない時に人の国を攻めるなんて、ろくでもないわ。叩き返してやればいいわ！」

「……まあ、そうならないためにセオドア様も一緒に、この船で行くんだと思うけどね」

「？　どういう事、クリス？」

「天上領の特使が現場にいたら、うかつに手出しできないから。ヴェネフィク側の特使は天上領の別の派閥だから、下手すれば地上の国同士の問題だけじゃなくて、天上領の勢力同士の争いに発展しかねないでしょ？　セオドア様が行く事によって、そこまでする覚悟があるのかって、相手を脅す効果があるんだよ」

「……その通りです、イングリスさん。本当によく状況が見えていますね、あなたは」

いつの間にか姿を現していたセオドア特使が、そう微笑んでいた。

「あ、セオドア様！」

ラフィニアが顔を輝かせる。

「リップル殿を中途半端な状態で置いて行くのは非常に申し訳ないのですが、イングリスさんの言う通り、これは僕が行かねば始まりません。僕が戻るまで、どうかリップル殿とセイリーンを守って下さい。よろしくお願いします」

「武力衝突が起こらず、平和裏に事態が収束する事を祈っています」

イングリスがそう言うと、ラフィニアやレオーネ達がえっという顔をした。

「？　どうしたの、ラニ？」

「く、クリスがそんな事言うなんて……!?　な、何か悪いものでも食べた？」

「わたしは普通だよ？　だって、わたしがいない所で戦いが起こったら勿体ないでしょ？」

どうせなら自分が現場にいる時に、武力行使を願いたいものである。

自分がいない時に両国の戦力が削られるのは、損失である。戦う相手が減るからだ。

「ははは……そういう事ね」

「納得したわ、いつものイングリスね」

セオドア特使が、苦笑しながらごほんと咳払いをする。

「と、ともかく……後は頼みます。それから、ラフィニアさん」

「はい？」

「お話があります。こちらへ来て頂けますか」

と、セオドア特使はラフィニアを格納庫から船内部分に招こうとする。

「はい、分かりました」

ラフィニアは全く無警戒に、無邪気な笑顔で応じる。

反対に、イングリスの危機感は半端ではない。

「……では、わたしも。わたしはラニの従騎士ですので、一緒にいさせてもらいます」

ラフィニアにとっての悪い虫は、徹底的に排除あるのみ。

悪い虫にになりかねない相手からも、徹底的にガードする。

「ええ。構いませんよ。レオーネさん、リーゼロッテさんもどうぞ」

しかしセオドアは気にした様子も無くそう応じる。

なかなか尻尾を出さないのか、ラフィニアにそこまでの興味があるわけではないのか、どちらなのだろう？

彼の妹のセイリーンと同じで、ラフィニアの素直で正義感の強い性格には、感銘を受けていたようだったが。

いずれにせよ油断はできない。ラフィニアに恋人などまだ絶対に早い。嫌だ。

「では、我々は作業を続けます。ラニ、クリス、みんな、僕達の留守を頼むよ」

「リップルの事、くれぐれもお願いね」

全員がはい、と頷いて、ラファエルとエリスに別れを告げる。

そしてイングリス達四人は、セオドア特使について船内へと入った。

彼が使っている部屋に案内されると、そこには見慣れない研究器具が満載されていた。

物は多いがきちんと整理されているあたり、主の性格を感じさせる。

その中からセオドアは、一つの魔印武具を取り上げた。

そしてそれを、ラフィニアに手渡す。

「せめて何か助けになるものをと思い、これを用意しました。どうか受け取って下さい」

弓の形をした魔印武具だ。

白を基調に翼のような装飾を施された外観は、ラフィニアが普段愛用している光の雨に酷似している。

「これは、あたしの光の雨と同じ……？」

「ええ、ベースは同一です。そして、これも二つの奇蹟を持つ改良型です」

「わぁ！　ありがとうございます！　もう一つの奇蹟の効果は、レオーネのものと同じですか？」

「いいえ、違います。この魔印武具のもう一つの力は、人の傷を癒し回復させる効果ですよ」

「わ……！　凄い！　そんな効果の魔印武具は初めてです！」

ラフィニアの言う通り、イングリスも初耳の効果だった。

元々前世のイングリス王の時代も、回復の魔術(まじゅつ)はかなり希少だった。

「ええ。かなり希少で、そう数を作れるものではありません——ですから、あなたに託(たく)したい。この奇蹟(ギフト)は、あなたの清らかな心には相応(ふさわ)しいと僕は思います」

「ははは……そんな買い被(かぶ)りですよ、あたしなんて……」

「謙遜(けんそん)なさる事はありません。あなたのような人は天上人(ハイランダー)には中々いませんから、眩(まぶ)しく映るんです。きっとセイリーンもそうだったに違いありません」

「……かな？　リンちゃん？」

と、ラフィニアが尋(たず)ねるものの、リンちゃんはラフィニアの頭の上にぽてんと寝転(ねころ)がって、素知らぬ顔を決め込んでいる。

「リップルさんを守って頂く間、もし誰(だれ)かが傷ついてしまったら、その魔印武具(アーティファクト)の力で癒してあげて下さい」

「分かりました！　色々して下さってありがとうございます」

ラフィニアはぺこりと丁寧(ていねい)に頭を下げる。

「ええ、よろしくお願いします。本来ならば使われなければ一番でしょうが、備えは必要かと思います。ミリエラに伝える時間がありませんでしたので、この事は彼女(かのじょ)に伝えておいて下さい」

「はい！　うまく扱えるように、帰ったら早速訓練しますね！」

そうラフィニアは意気込むが――アカデミーに戻った途端、新しい奇蹟の力をぶっつけ本番で使う事になるのだった。

騎士団の出撃準備の手伝いを終え、その出発を見送ると、イングリス達は騎士アカデミーへと戻った。時刻は既に夕刻、丁度お腹も空いた所だ。

「あー、お腹空いたわね～早く食堂に行って晩ご飯にしましょ」

ラフィニアはお腹をすりすりと擦っている。

「うんラニ。今日から新メニューが出るはずだよ」

「あ！　そうだったわね！　楽しみ～♪」

「へぇ？　どんなメニューかな？　新しいサラダか野菜のスープが欲しいわね」

と、レオーネが反応した。

太りやすいからと普段から食事に気を遣っているレオーネらしい望みである。

「わたくしはもう少しデザートの種類が欲しいですわ。あまり種類が無くて、飽きますもの」

リーゼロッテのリクエストも分かる。しかし――

「『どっちもちがう』」

イングリスとラフィニアは揃って首を振る。

「知ってるの？　何？」

「『超特大骨付き肉の炙りチーズ焼きと、超特大全部載せホワイトソースパスタと、超特大全部載せ激辛パスタと……』」

「ちょっと！　超特大ばっかりじゃない！　何なのよそれは……!?」

「『リクエストしたから』」

食堂で新メニュー案を募集していたのだが、皆あまり関心が無いのか現状に満足なのか、それ程案は集まっていなかった。

だがイングリスとラフィニアは積極的に案を出した。

こういうのは声の大きい者の意見が通るのだ。しない者が悪い。

「ぜ、全部載せは何ですの？」

「『うしとぶたととりとおさかなが全部具になってるの！』」

「う……聞いただけで胸やけがしてきますわね……」

「お、美味しいの、それ？」

「うん。見た目は悪いかも知れないけど、食べてしまえば一緒だし」

「そう。あたし達はどうせ全部食べるから、一まとめにしちゃおうって事よ」

その方が食堂のおばさんたちも助かるだろう。

「ホワイトソースも激辛も新しい味だし」

「新しい味と、具は選べないから全部載せちゃえ！　って事ね」

「楽しみだね、ラニ」

「そうね、クリス」

イングリスとラフィニアは目を輝かせて頷き合っている。

「「ははは……」」

見守るレオーネとリーゼロッテは、乾いた笑いを浮かべるしかなかった。

と――

ドガアァァァンッ！

アカデミーの中庭の方から轟音が響き、煙が上がった。

「!?」

「な、何……!?」

「煙が上がってるわ！」

「中庭の方ですわね！」

直後にざわめきが起き――

この正門側からは死角になっているが、混乱した様子は伝わって来る。

「行ってみましょ！」

ラフィニアが号令し、皆で中庭の現場に向かった。

校舎の壁の一部が大きく崩れ、更に炎上しかかっていた。

崩れた壁の前には倒された魔石獣の残骸が転がっていた。

少し前から姿を見せ始めた、上位の力を身につけた大型の個体だ。

とりあえず戦い自体は、もう終わっているようだった。

「火を消すぞ！」

「大丈夫、すぐ消し止められる！」

既にその場にいた三回生の先輩達が、消火を始めていた。

こちらは心配はなさそうだ。

だが、彼等の心配はそれとは別にあるようで――

「それより、シルヴァさんは大丈夫か⁉」

「シルヴァさん！　大丈夫ですか⁉」

「しっかりして下さい！」

三回生達に囲まれた輪の中に、シルヴァが横たわっていた。

かなりの攻撃を受けた様子で、全身が傷だらけになっていた。

辛うじて意識はあるようだが、自分では立てず、他の生徒に助け起こされていた。

「シルヴァ先輩……⁉」

「ひ、ひどい怪我だわ……！」

特級印を持つシルヴァをここまで傷つけるとは、あの魔石獣が余程強かったのか、それとも現れた数が大量過ぎて多勢に無勢だったか――？

いずれにせよ、異常事態が起こったのだろう。

「だ、大丈夫だ……この程度。それよりリップル様が目を覚まされる前に、別な場所にお連れしろ。こんな姿をご覧に入れるわけには行かない。お気になされてしまう」

「わ、分かりました！」

シルヴァの指令を受けた生徒が、リップルを連れて行こうとする。

そこにちょうど、騒ぎを聞きつけたミリエラ校長がやって来た。

「こ、これは――⁉　し、シルヴァさん、大丈夫ですか⁉　あなた程の人がこんなになるなんて、一体何が……⁉」

「こ、校長先生……面目ありません、これは僕の不手際です。済みませんでした」

しかしそのシルヴァの発言に、異を唱える三回生達がいた。

「違う！　シルヴァさんが悪いんじゃない！」

「そうだ！　こいつがヘマしたせいで！」

三回生の一人に掴みかかられている生徒は――

「ラティ？」

イングリスと同じ従騎士科の一回生のラティである。

いつものように、騎士科のプラムも一緒である。

「す、済まねえ……あんたらの言うとおりだ――俺のせいでこんな事になっちまった」

ラティは顔を青ざめさせて、俯いている。

「ごめんなさいごめんなさいごめんなさいっ！　ラティは私を助けようとして……！　だから私のせいです！　本当にごめんなさいっ！」

　プラムは涙目で、何度も頭を下げていた。

「ラティ、プラム。何があったの？」

「あ、イングリスか……あ、あの先輩が、魔石獣にやられそうになった俺を庇ってくれてさ……それでこんな大怪我を――」

「そうだ！　お前のせいだぞ！　お前のせいでシルヴァさんが！」

「よ、止せみんな……！」

　シルヴァが熱くなる三回生達を制止した。

「シルヴァさん――！」

「そもそも、異空間への隔離に巻き込んでしまったこちらのミスだ。それに魔印を持たない力無き者を、力ある僕が守るのは当然のこと――怪我は無かったか？」

　と、シルヴァはラティに問いかけた。

「う、うっす……ありません」

「そうか――なら、いい……」

　それっきり、がくりと気を失ってしまった。

「シルヴァさん……！　い、いけませんかなりの深手です！　下手すれば命に関わりかねません！　すぐに医務室へ！」

ミリエラ校長が慌てて指示をする。

これは――先程ラフィニアがセオドア特使から受け取った新たな魔印武具の力。いきなり試す時が来たようだ。

「待って下さい！　あたしが何とかしてみます！　試したい事があるの！」

ラフィニアは既に前に進み出て、そう宣言していた。

「ラフィニアさん？　どうかしましたか？」

「さっき、セオドア様から新型の魔印武具を預かりました！　見た目は同じですけど、これも二つ奇蹟があるんです。もう一つの奇蹟は傷を癒す効果だって……！」

「ええっ!?　セオドアさんったら、そんな暇なんて無かったはずなのに……でも、大助かりですね！」

ミリエラ校長の顔がぱっと輝く。

「だけどまだ、一度も試せてないんです――だけどやってみます！　やらせて下さい！」

イングリスが言うまでも無く、こういう時はラフィニアは率先して動く。

自分の心の中の善意に従って、臆する事も怯む事も無い。

我が孫のようにラフィニアを見ているイングリスとしては、その様子は好ましい。

真剣なラフィニアの横顔を見て、思わず目を細める。

「ええ勿論です！　ぜひお願いします……！　私もお手伝いしますよお！」

「大丈夫よラフィニア、私にも新型の魔印武具は扱えたから、ラフィニアならきっと出来るわ！」

「さあ急ぎませんと、ラフィニアさん！」

「ええ、やるわ！　見ててね、クリス！」

「うん。大丈夫、ラニなら出来るよ」

イングリスが頷くと、ラフィニアは息を整えて深く集中をする。

「うう……やっぱり、いつもと違う……！」

「いつもと違うと感じる事は、いつもと違う奇蹟に力が流れているという事です。そのままでいいんですよ」

「は、はい……！」

二人の奇蹟を持つ魔印武具のそれぞれの奇蹟を使いこなすには、慣れが必要だろう。

はじめのうちは、戸惑うのも仕方がない。

だがそれを克服できたのなら――

それは、魔印の力を借りるとは言え、二種類の魔素の波長を意識的に操るという事だ。

魔素を操る事が出来るのならば――

それは魔術を独力で行使できるという事にも繋(つな)がる。

それはラフィニアやレオーネの実力を高めるために、とてもいい影響(えいきょう)を及(およ)ぼすはずだ。

だが逆に、それは天上領(ハイランド)側にとっては好ましくない事のはずだ。

ラフィニアやレオーネをきっかけに、地上の人間が独力で魔術を行使できるようになり、それが広まれば、天上領(ハイランド)と地上の力のバランスが崩れてしまう。

魔石獣から身を守るためには、地上の人々は天上領(ハイランド)から魔印武具(アーティファクト)の下賜(かし)を受ける他は無い。

その前提を崩す可能性のあるものなのだ。

恐らく、セオドア特使やミリエラ校長が何も気付いていないわけはない。

気付いた上で何も言わないのだ。

飛空戦艦(せんかん)の事もそうだが、セオドア特使からは天上領(ハイランド)と地上の差を縮めてしまおうという意図を感じる。

それがどういう結果に繋がって行くのか――

分からないが、今はシルヴァを救う事に繋がるはず。

ミリエラ校長の助言に導かれるように、ラフィニアの体を柔(やわ)らかな光が覆(おお)って行く。

「この光に癒しの力が……？」

「まだです。手の先に意識を集中して下さい――」

「はい……！」

ラフィニアの体を覆う光が、左手に向けて収束して行く。

光が収束して小さくなればなる程、輝きは増して目に眩しく――

これが治癒の力を持つ奇蹟の力だろうか。

光を構成する魔素の動きは複雑で、そう簡単に再現できそうにはない。

「いいですよ、ラフィニアさん！　その光をシルヴァさんに翳してあげて下さい」

「はい！」

ラフィニアはミリエラ校長の言葉に従い、シルヴァの傍らに跪き左手の光を翳す。

シルヴァの全身の負傷が、だんだんと治癒を始めた。

「おおぉぉっ！　シルヴァさんの怪我が……！」

「治って行く……！」

「よし……！　いけるわ――！」

そう言うラフィニアの額に汗が滲む。

慣れない事もあるが、治癒の奇蹟は、かなりラフィニアの負担が大きいようだ。

「うう……！　くっ――」

「ラニ、大丈夫？」

「だ、大丈夫よ……！」

ラフィニアの頬を伝う汗が、地面に落ちる。

シルヴァの傷は少しずつ癒（い）えてはいるが、このままでは先にラフィニアの限界が来てしまいそうだ。

なら、ここは——

「ラニ。手伝うね」

イングリスはラフィニアが新しい光の雨（シャイニーフロウ）を握（にぎ）っている手に、そっと自らの手を添（そ）える。

奇蹟（ギフト）そのものを魔素（マナ）の操作で再現するのは難しそうだが、ラフィニアの魔素（マナ）に近い波長を再現し、一緒（いっしょ）に魔印武具（アーティファクト）に流し込む事は出来る。

それを魔印武具（アーティファクト）が奇蹟（ギフト）という現象に変換（へんかん）するわけだ。変換前の源流の方を再現しようという試みである。

「クリス……⁉　うん、これならもっとやれる！」

ラフィニアの左手の光が輝きを増す。

それは治癒の力が強まった事の証（あかし）である。

シルヴァの傷が癒える速度がグンと上がる。

見る見るうちに、傷は元通りになっていた。

「うん、もう大丈夫ですね！　お二人ともありがとうございます！　さあ、シルヴァさんを医務室へ――怪我はもう治りましたから、じきに目を覚ますでしょう」

「はい！」

「ありがとうな、君達！」

「シルヴァさんを助けてくれてありがとう！」

三回生達が礼を言いながら、シルヴァを運んで行く。

この様子を見る限り、結構シルヴァに人望はあるようだ。

「いいえ、当り前の事ですから」

ラフィニアが爽やかな笑顔で応じる。

「右に同じです」

イングリスは微笑を浮かべる。

そして、三回生達を見送ると、ラフィニアはイングリスにも笑顔を向ける。

「ありがと、クリス！　助かったわ」

それは先輩達に向けたものよりも一段と可愛らしい笑顔だったので、イングリスとしては満足だった。

第4章 ♦ 15歳のイングリス　天恵武姫護衛指令　その4

ふう、ふう……

はぁ、はぁ……

はーっ。はーっ。

イングリスの額に、珠（たま）のような汗が浮かぶ。

上気した頬は桜色。汗が頬を伝い、喉元（のどもと）にまで流れ落ちる。

そして胸元（むなもと）にまで落ちて行き、服に染（し）みて消えて行く。

その様相は、傍（はた）から見ると普段より艶（なま）めかしい。

元々注目を浴びやすいイングリスだが、今日はいつもにも増してそうだ。

男子生徒達がチラチラと、しっとりと汗をかくイングリスに視線を送っている。

もっとも当の本人は全く気にせず、目の前にものに集中している。

隣（となり）に座（すわ）るラフィニアも同じくで、しっとりと汗をかいている。

「だ、大丈夫（だいじょうぶ）？　イングリスもラフィニアも……」

「『大丈夫！』」

「だ、だったらいいけど――」

「それにしても凄い色ですわね、それ……真っ赤ですわ」

「激辛だからね」

超特大全部載せ激辛パスタ。

イングリス達がリクエストした食堂の新メニューである。

今日は朝から、激辛の新メニューに挑戦中なのだった。

「とても食べられそうな色に見えないわね……」

と、レオーネは気圧されしている。

「そんな事ないよ？　おいしいよ？」

「刺激的な味よね！」

「私にも、おいしそうに見えますけど……」

と、プラムはイングリス達の肩を持つ。

「えぇっ⁉　これが美味しそうに見えますの……⁉」

「はい」

「俺達、北のアルカードの出身だからな。あっちは寒いから、辛いもん食って体をあっためるんだ。だから慣れてんだよ」

「ラティの言う通りです。辛いものって、故郷の味って感じがするんですよね」

「じゃあ、プラムもこれ注文して来たら？」

「ちょ、ちょっと量が多過ぎますから……超大盛は――」

「それじゃ、あたし達のを分けてあげるわ！」

と、ラフィニアはプラムの皿に赤いパスタを取り分ける。

「わ、ありがとうございます」

「お。俺にもくれよ、イングリス」

「うん。いいよ」

「ダメッ！　ラティはダメです！」

「ええっ!?　何でだよ？」

「間接キスはいけませんっ！」

「……はいはい、わかったよ」

「おぉ。今日はプラムの言う事を素直に聞くんだね？」

珍しいこともあるものだ。

「まぁ、昨日はやらかしちまったからな……大人しくしとくしかねえさ」

と、ラティは頬を掻く。

「そんな、ラティは悪くありません！　私を助けようとしてくれただけですし、私はラティを責めたりしませんよ？　間接キスは許しませんけど！」

「……はいはい。お前がいるとまともに話も出来ねえぜ」

と斜に構えるラティに対し、ラフィニアが一言。

「あー。そんな事言ってばかりいると、プラムに愛想尽かされちゃうわよ？　これでもプラムって、結構モテるんだから。この間もラブレターを貰ってたし。女の子の気持ちがずっと変わらないなんて思わない事ね」

「なっ……!?　お、おいプラムマジかよ……！　相手はどいつだ!?」

がたん！　と腰を浮かすラティである。

「お、焦ってる焦ってる。分かりやすいわね～。ウソよ、ウソ。焦るならはじめからちゃんとした態度を取ればいいのに」

「うぐ……っ!?」

たじろぐラティ。

「そーだぁそーだぁ～」

ラフィニアの影に隠れて、プラムが拳を振り振りしていた。

しかしラティに睨(にら)まれて、ラフィニアの背中に隠れてしまった。

「やめなさいよラフィニア。ウソは良くないわよ」

レオーネはそんな様子を見て可笑(おか)しそうにしている。

「そうだよ、ラニ。子供っぽい男の子って、好きな子には素直になれないものなんだよ。ラティも少し大人になれば、プラムとベタベタするようになるよ」

「本当ですか？　イングリスちゃん！」

「うん。男の子ってそういうものだよ」

「勝手に決めるなあぁぁぁぁっ！」

と、ラティは悲鳴を上げるのだが、ラフィニアは怪訝(けげん)そうな顔をする。

「男の子に何の興味も無いクリスが言っても、説得力に欠けるんですけど……？」

「そうねえ、前に誰が格好(かっこ)いいか聞いたら虹の王(プリズマー)って言ったわよね？」

「それとこれとは別だよ」

と、さらりと言い放つイングリスに、ラフィニア達は首を捻(ひね)るばかりである。

どこが別なんだ？　と言いたそうだが、あえて説明はしないでおく。

「で、プラムを助けようとしたら魔石獣(ませきじゅう)の攻撃を受けそうになったんだよね？」

「ああ。そこであのシルヴァ先輩が庇(かば)ってくれて、俺の代わりに攻撃を喰(く)らって――お前達のおかげで助かったのはいいけど、悪い事しちまった。会ったらちゃんと謝らねえと」

「ですがあの方、そんなに怒ってはいらっしゃいませんでしたわね。イングリスさんやユア先輩への態度を見ていますと、従騎士科の方を嫌っていそうでしたが……」

「あ！　分かった……！」

「何が分かったの、ラニ？」

「きっと男の子が好きな男の人なのよ……！　だからラティには優しかったっていうのはどう？」

「はぁ……そ、そんなはずねえだろ――!?」

「そうだ。人の事を勝手に決めつけるのはよして貰おうか」

いきなり話に割り込んで来たのは、話題の当人――シルヴァだった。

「あの……！　昨日はすいませんでした！　俺がヘマしたせいで大怪我させちまって！」

ラティは勢いよく、深々とシルヴァに頭を下げる。

「気にするな。元々は君達を空間隔離に巻き込んだこちらのミスだ。それより、僕の方こそ君達に助けられた。非礼を詫び、礼を言わせてもらう。ありがとう」

今度はシルヴァの方が、イングリスやラフィニアに向かって頭を下げる。

それを見たラフィニアは、イングリスの手を引っ張って、がたんと立ち上がる。

そしてぺこりと頭を下げる。イングリスにも同じようにさせながら。

「いいえこちらこそ、生意気言って済みませんでした！　みんなで謝ったから、これでおあいこですねっ？」

ニコッと笑顔。スッとシルヴァの前に手を差し出す。

こういう爽やかさ、人懐っこさもラフィニアの魅力だ。

小さな事にはとらわれない。過ぎた事はサラリと水に流せる度量を持っている。

「ああ――そうしておこう」

シルヴァとラフィニアは握手を交わす。

その振る舞いは、微笑ましいものだ。

が――！

「はいラニは終わり。次はわたしもお願いします」

イングリスはさっさと割り込んで、ラフィニアの握手を終わらせる。

家族以外の男性がラフィニアに触れるのは好ましくない。

警戒してし過ぎる事は無いのである。

それから、一週間――

リップルの状況（じょうきょう）は現状維持（いじ）で、イングリス達も変わらず交替（こうたい）で護衛についていた。

今日はイングリス達一回生の担当の日。

リップルが意識を失い魔石獣が出現すると、レオーネがすぐに新型魔印武具（アーティファクト）の力で空間を隔離。

イングリス達はその魔石獣の掃討（そうとう）に移る。

今日も現れたのは、少し前から姿を見せ始めた強化型の獣人種（じゅうじんしゅ）の魔石獣である。

「わたしに、任せて！」

イングリスは真っ先に前に出ると、両手の人差し指をぴっと立て、魔石獣に向ける。

そして両手から迸る（ほとばしる）霊素穿（エーテルピアス）の青白い光。


ビシュシュシュシュシュシュシュシュシュシュシュシュシュッ！


顔面から始まり、首、肩、胸、腹、脚（あし）、足――

無数の穴が穿（うが）たれて、魔石獣は一歩も動けずにその場に崩（くず）れ落（お）ちて消えて行く。

「あ、あれ……？」

ラフィニアがイングリスの動きに首を捻っていた。

「まだ来るわ――！　気を付けて！」

レオーネが警告を発する。

「うん、任せて！」

イングリスはラフィニアには構わず、新しい魔石獣に向かい――


ビシュシュシュシュシュシュシュシュッ！


再び有無(うむ)を言わさず、霊素穿(エーテルピアス)を乱射した。

為(な)す術(すべ)も無く、魔石獣は蜂(はち)の巣(す)と化して行く。

「クリス……？」

更(さら)にラフィニアが首を捻る角度が深くなる。

「まだ来る……もう一体！」

イングリスは何もない空中を見つめて言う。

「え……？　でも何もいないわよ？」

そうレオーネは言うが、イングリスは魔石獣出現の予兆、空間が歪む魔素の動きを感じ取っているのだった。

「ううん……分かる、感じるから――！」

イングリスは頭上のその地点へ向け、掌を翳す。

――霊素弾！

スゴオオオオオォォォォォーーーーッ！

巨大な霊素の弾丸が、上へ向かっていく。

「ちょ……ちょちょちょっ!?　クリスさっきから何をやって……！」

「はあぁぁっ！」

イングリスは直後に、霊素弾を追うように地を蹴る。

そして、霊素弾の進路上にふっと現れる魔石獣の姿。

先読みは当たり、現れた瞬間に魔石獣は霊素弾に飲まれ、消滅する。

「ああ……」

飛び上がったイングリスは、そこで残念そうに呟いて動きを止める。

霊素弾の光は更に上昇をして行き――

バリイイイィィイン！

ガラスを割るような大きな音が響き、レオーネが魔印武具で生み出した空間が崩壊して行く。

「す、凄い威力――！　こんなあっさり空間が壊れるなんて……！」

以前はミリエラ校長が生み出した『試練の迷宮』の空間も破壊したのだ。当然の結果ではある。

空間が崩壊すると、周囲の景色が元いた校庭へと移った。

霊素弾は夕焼けの空を高く高く、昇って見えなくなって行った。

「ははは……きれいな打ち上げ花火みたいですわねぇ」

リップルを介抱しているリーゼロッテが、半分呆れたように感想を述べる。

「うーん……」

が、イングリスは相変わらずの渋い顔である。

「どうしちゃったのよ、クリス？　いつもは相手が倒れてたら、泣いても叫んでも無理やり起こして戦いを続けさせようとするのに……そんなに速くやっつけちゃって」

「……わたし、そこまで血も涙もない事はやってないけど――？」

「いや、それに近い事をやっていたわよ……？」

「さすが、ラフィニアさんはイングリスさんをよく分かっていらっしゃいますわ」

レオーネとリーゼロッテは頷いていた。

「………」

と、ぽんとラフィニアが手を打つ。

「あ！　あたしに隠れて何か美味しいものを食べようとしてる⁉　だから早く帰りたかったの⁉」

「違(ちが)う違う。わたしは研究してるだけだよ？」

「何の？」

「ん。新技(しんわざ)」

「「新技⁉」」

「そう！　ラニもレオーネも新しい技、覚えたでしょ？」

「ええまあ、技というか……」

「魔印武具(アーティファクト)の奇蹟(ギフト)だけどね？」

「うんうん。でもちょっと羨(うらや)ましかったから、わたしも何か開発しようと思って」

と、イングリスはキラキラと嬉(うれ)しそうな笑顔(えがお)を浮かべるのだった。

「でね、過去最大威力を目指してみようかなって！」

となるとやはり、霊素(エーテル)を使った戦技となる。

最近霊素穿(エーテルピアス)を両手で撃(う)てるようになった事から、イングリスの霊素制御(エーテルせいぎょ)能力は上がっている。

となればできそうな技を思いついたのだが――今の所、試行錯誤(しこうさくご)である。

「へ、へぇ……な、何か恐(おそ)ろしい事が起きる気がしなくもないわね――」

「そ、そうね――」

「い、今でも十分過ぎるほど強いと思うのですが――」

イングリスは静かに首を振る。

「人と比べてどうじゃなくて、自分が納得(なっとく)行くかどうかだから――で、強い新技をやろうとしてるから、どうしても練習も強めになるの。でも強めにするとすぐ相手を倒しちゃうから――ああ、強い敵が出て来てくれるといいなあ……」

「……結局いつもと同じ結論に落ち着いたわ、さすがクリスはぶれないわね――」

「ははは……でも、私達も置いて行かれないようにしなきゃね」

「とりあえず、リップル様がお目覚めになられたら、校長室に戻りましょう？　引継ぎの時間ですから」

次はシルヴァ達三回生の当番の時間である。

校長室で、今回の当番時の出来事について報告と引継ぎを行うのだ。

イングリス達は目を覚ましたリップルと共に、校長室へと向かった。

校長室へと近づくと、ミリエラ校長の大きな声が聞こえて来た。

「ちょ、ちょっと待って下さい！　そんなの横暴です……っ！　今の所、大きな被害は出ていないじゃないですかあ！　作戦に問題はありませんっ！」

ばんばんっ！　と机を叩く音も聞こえて来る。

余程興奮しているようだが――？

「あれえ……？　珍しいなあ、ミリエラが怒ってるよ？」

意識を取り戻したリップルは、それを聞いてきょとんとしていた。

「そうですか？　わたしは割と怒られるんですが――」

「ま、まあイングリスちゃんはねえ……色々目立つからね。まあ、行ってみよ」

こちらも校長室に用事があるので、行かざるを得ない。

部屋の扉をノックすると、怒りを押し殺したような声で、どうぞと返答がある。

「失礼します」

中に入ると、見慣れない人物がいた。

背の高い、灰色の長髪をした男性騎士だ。

手に輝く魔印は上級印。

恐らく立場の高い騎士なのだろう。

年齢は二十代後半から三十代前半あたりだろうか。

騎士装束はラファエル達のものとは少々違い、これは所属の違いを現している。

確か——王直属の近衛騎士団のものか。アカデミーの学科の授業で習った。

ラファエル達の騎士団は、正式には聖騎士団である。

どちらも王国の主力級の規模と戦力を持ち、二大騎士団と呼ばれている。

既に当番を交替するシルヴァ達三回生もその場におり、近衛騎士とミリエラ校長の話を聞いていたようだ。

皆、明るい表情はしておらず、驚きや悔しさ、気まずさといった感情が見て取れた。

そんな中で、シルヴァも多分に戸惑っている様子だった。

「に、兄さん……！　考え直してくれないか⁉　校長先生の言う通り、僕達は上手くやれている！　そんな必要は無いはずだ！」

「だがシルヴァ。お前は、大怪我を負ったじゃないか？　兄さんは心配で心配で……！話を聞いた時は、心臓が飛び出るかと思ったんだからな……!?」

「そ、それは僕がヘマをしただけで……！　他にも優秀な生徒がいて、それも補ってくれた！　だから大丈夫だ！」

と、シルヴァと近衛騎士は意見をし合う。

「兄さん……？」

「近衛騎士団長のレダス・エイレン様。シルヴァ様のお兄様ですわ」

とリーゼロッテが教えてくれる。

確かに髪型は違うが髪色は似通っているし、目元も似ているかも知れない。

レダスは校長室に新たに入って来たこちらに――

正確にはリップルに視線を向けると、爽やかな笑みを見せた。

「やあリップル殿、ごきげんよう」

「あ、うん……ごきげんよう？」

「ちょうど今、ミリエラ殿と話していた所だったのだが――実は今日は、お伝えする事がございましてな」

「うん、何？」

「王命により、騎士アカデミーより退去を願います」

「えっ……⁉　でもその後は――？」

「一時的に、近衛騎士団の保護下に入って頂く事になろうかと」

「一時的に……？」

「ええ。ご無礼を承知ではっきりと申し上げますと、天上領（ハイランド）にお帰り頂く事になろうかと――そして我が王は、新たな天恵武姫（ハイラル・メナス）をお迎（むか）え致（いた）すおつもりです」

「……！」

リップルは息を呑（の）み、目を見開く。

そういう事もある――か。それも一つの解決策であることは否（いな）めない。

実際リップル自身、それに似たような事も申し出ていた。

しかし、ウェイン王子やセオドア特使は採らなかった手段だが――？

特にセオドア特使は天上領（ハイランド）側の窓口だ。

つまりセオドア特使の意思は天上領（ハイランド）側の意思と見なされて然（しか）るべき。

それと真逆の動きをしようとするからには――どうやら、単にリップルだけの問題ではなく、多分に政治的な問題がありそうだ。

が、それはともかくラフィニアは顔を真っ赤にして怒り出した。

「なっ……!? どうしてそんなひどい事が出来るんですか!? あたし達はずっとリップルさんに助けて貰って、生きてこられたんですよ!? それをちょっと不都合があるからって簡単に捨てて、代わりを貰おうだなんて……! リップルさんは物じゃありません! リップルさんが大変な今こそ、今まで助けて貰ったお礼をする時じゃないんですか!?」

その意見は若い。純粋(じゅんすい)で、青臭(あおくさ)くて――だから可愛い。

ラフィニアなら当然こう言うのは、イングリスには分かっていた。

むしろ言わなければ、何か重大な病気を疑ってしまう。

「うん……そう……!」

「ですわね……!」

レオーネとリーゼロッテは、ラフィニアの言葉に小さく、だが強く頷いていた。

「――ラファエル殿の妹か。私に正義を説かれても困るぞ。これは王命なのだ」

「だったら王様の前にあたしを連れて行って下さい! 直接言ってやるから!」

どうやら本気で王様の所に怒鳴(どな)り込みそうな勢いだ。

相手を怒らせないうちに、止めた方がいいだろうか?

イングリスはその心構えをしておく。

しかし、援護は意外な所から。

シルヴァはラフィニアの肩にぽんと手を置くと、庇うように一歩進み出る。

「彼女の言う通りだ、兄さん！　それが王命だというなら、決して褒められたものじゃない！　近衛騎士団長の立場なら、王をお諫めしてくれ……っ！」

意見が一致したラフィニアとシルヴァは、顔を見合わせ、うんと頷き合う。

それだけならまあ、許容範囲だが——

ラフィニアの肩に手を置くのは、止めて貰えないだろうか？

興奮して見えていないのだろうが——気になる。非常に気になる。

「いや、そのつもりはない」

「何でですか!?　リップルさんがどうなってもいいんですか!?」

「そうではないが——優先度の問題だ。私は個人的にも、王のご意思に反対ではない」

周囲へ被害を及ぼす危険性を考えれば——だろうか。

たしかに一般の人々の事を考えれば、その方が安全策ではあるのだ。

「何故だ!?　兄さん！」

「——お前が怪我をするのが怖いからだッ……！　ここにリップル殿がおられれば、また同じ事が起きる可能性があるだろう!?　私は心配なのだ……ッ！」

カッと目を見開き、とてもとても真剣に、レダスはそう宣言した。

「…………」

まるで予想外の返答に、ラフィニアもシルヴァも困ってしまったようだ。

だがイングリスには、レダスの気持ちが少々分かる。

イングリスにとってのラフィニアが、レダスにとってのシルヴァなのだろう。

可愛いから仕方が無いのだ。だから、若干の親近感を覚えていた。

「――ですが、こちらがそのつもりでも、先方は受け入れて下さるのですか？」

と、イングリスは沈黙を打ち破って進み出た。

さりげなく、シルヴァがラフィニアの肩に置いた手を払いながら。

「どういう事だ？　何が言いたいのだ？」

と、レダスは一介の従騎士科の学生であるイングリスの話を聞こうとする度量は持っているようだ。お言葉に甘えてイングリスは先を続ける。

「リップルさんに騎士アカデミーに滞在頂くのは、セオドア特使の意思でもあります。つまり天上領側の意思です。それを曲げるような事を行う――という事は、あなたの仰る天上領とは特使とは別の……つまり教主連側の勢力のはずです」

教主連、正式には教主連合――

それに対立する大公派。正式には三大公派。

天上人(ハイランダー)の二大勢力であり、セオドア特使は大公派の人物のようだ。

従来この国は教主連、大公派の特使を交替で受け入れ、お互(たが)いのバランスを取りながら天上領(ハイランド)と付き合って来たようだ。

ゆえにエリスとリップルは、それぞれエリスは大公派、リップルは教主連から下賜された天恵武姫(ハイラル・メナス)である。

「うむ——如何(いか)にも」

「今回のリップルさんの身に起こっている異変は、教主連側からの制裁でしょう？　という事はお怒りかと思います。従来のバランスから、大公派に傾倒(けいとう)しようとする事を許さないという事です」

「……我々はそんな認識(にんしき)はしていない。あくまでリップル殿単体の異変だろう」

「ああ。セオドア特使の見解とは違いますね」

「セオドア様は大公派だ。対立相手ともなれば、邪推(じゃすい)も混ざられるだろう」

「先方から、天恵武姫(ハイラル・メナス)交替の確約は得られているのですか？」

「いや——現在交渉(こうしょう)中だと聞いている」

「では、交渉が長期化する事も念頭に置き、しっかり準備を整えてからリップルさんをお連れになった方が良いかと思いますが？　今の所アカデミーに滞在頂いて、生徒にも周囲の街にも、特に大きな問題は起きていません。それが近衛騎士団に移られるなり大きな被害が出れば、近衛騎士団はアカデミーの生徒以下だとの誹りは免れません」

「問題が無いというのは、主観に過ぎんぞ。問題はある。シルヴァ程の子が負傷しているではないか」

やはり親馬鹿ならぬ兄馬鹿らしいレダスには、納得は行かないようだ。

この反応は予想内。イングリスはそれを逆手に取る。

「ええ。シルヴァ先輩でもし得る程の脅威です。ですから、準備が怠れません」

「む……何の準備だ？」

「セオドア特使が、用意して下さった新型の魔印武具です。こちらで被害が少ないのは、それがあったからです」

実際そうとも言い切れないが、それはそれである。

今はそれだけの価値があるように思って貰い、引継ぎ期間という名の猶予を生み出すことが必要だ。

今はこの場でリップルを連行され、手出しが出来なくなる事を避けるべきだ。

そして生み出した猶予の間に、次の手を考えるわけだ。

いや正確には、イングリスの頭の中に打ちたい手は既にあった。

それを皆がどう思うかは――後で聞いてみよう。

「ふむ。セオドア様がな――」

「その受け渡しや適性人員の選定、使用訓練などの準備を整えてからの方が、安全かと」

「ううむ……」

レダスは大分傾いているようだ。

彼としても、任務を安全に果たせる方が望ましいのだ。

それに数日程度の短期間ならば、その裁量で引継ぎ期間を設けるのは許容範囲だろう。

「引継ぎ担当は、シルヴァ先輩にお願いすればよいかと。護衛の方は外れて頂いて」

最後にイングリスは決定打を放った。

「うむ、それはいい。そうしよう」

護衛から引継ぎ担当に移れば、シルヴァの身は即座に安全になる。

レダスの性格からして、願ったり叶ったりだろう。

「わたしには決定権はありませんので――校長先生、それでよろしいでしょうか？」

と、イングリスがミリエラ校長に顔を向けると――

目の前に、にゅっとラフィニアの顔が割り込んで来た。

　ぶにっ！

と、両方のほっぺたを引っ張られた。

「よくなあぁぁぁいっ！　何考えてるのよ、リップルさんを見捨てる気!?　そんなのダメよ絶対ダメ！　いくらクリスでもこれは譲らないから、あたし！」

「みゃ、みゃーみゃー。ふぁりゅいひょうにゃあしにゃいはひゃ（ま、まあまあ。悪いようにはしないから）」

　ほっぺたを引っ張られていると、上手く喋れない。

「え……？　どういう事？」

「わりゃりゃにゃにゃんにゃれていりゅのひゃ、いりゅもいっひょにゃころりゃよ？（わたしが考えてるのは、いつも一緒の事だよ）」

「……強い敵と戦いたい、美味しいもの食べたい、可愛い服着たい？」

「ありょ、じゅっりょりりゃにのみひゃられいりゅ（あと、ずっとラニの味方でいる）」

「……信じていいのね？　信じるわよ？　いいのね？」

「うみゅ！」

イングリスが頷くと、ラフィニアはようやく引っ張るのを止めてくれた。

「か、会話、成り立っていますのね……何を仰っているのか分かりませんでしたわ」

「何故かあの状態でも通じるのよね、あの子達――特殊能力よね」

リーゼロッテとレオーネが囁き合っている。

「わ、分かりました――イングリスさんとレダスさんの方針で行きましょう……」

ミリエラ校長は先程まで怒り心頭だった様子だが、今は頷いてくれた。

イングリスの意図に、気が付いてくれているからだろう。

「リップル殿も、そのおつもりで。よろしいですかな?」

「うん……ボクはいいよ。皆に従う――」

リップルはレダスの問いに、小さく頷いていた。

「では話は決まった。早速、明日から我が近衛騎士団への引継ぎをはじめよう。よいですな？　ミリエラ殿」

「え、ええ……結構です」

「シルヴァもいいな？　よろしく頼むぞ」

「分かった、兄さん――」

シルヴァもぐっと堪えた様子で頷いていた。

最後にレダスは、イングリスへと視線を向ける。

「イングリスくんと言ったか、君は従騎士科か……？」

「はい。従騎士科一回生、イングリス・ユークスです」

「ふむ……だが、君の話しぶり、肝の据わり方、そして頭の冴え――その若さで実に素晴らしい。ミリエラ殿が激高して話にならん所を、助かったぞ。一方的に悪者にされる所だったからな」

「だってえ……仕方ないじゃないですかあ」

と、ミリエラ校長は少々不貞腐れた顔をする。

彼女も重い責任を背負ってリップルの護衛作戦を取り仕切っていたのだ。

文句の一つも言いたくなる気持ちは、分からなくはない。

「恐れ入ります」

イングリスはレダスにぺこり、と一礼しておく。

「君の事は覚えておく。アカデミーを卒業したら、近衛騎士団を志望するといいぞ。魔印と頭脳とは別だ、従騎士だからと格下に扱われるのはもう古い。我々が参謀役として、君の能力を存分に活かす道を用意しよう」

「いえ、わたしは最前線への配属を希望しますので、せっかくですがお断りします」

イングリスは即答で断った。

参謀として権謀術数にまみれて頭脳労働など、最もやりたくない。

より重い王という立場で、散々やって来た事だ。もう飽き飽きしている。

「ぬう……っ!? ま、まあいいが——」

レダスは面食らっている様子だった。喜ばれると思っていたのだろう。

それが可笑しかったのか、ラフィニアはくすくすしている。

「では私は失礼する。後でこちらからも担当者を寄越すので、よろしく頼む」

そう言い残して、レダスは校長室を後にした。

「ふふふっ。クリスの事盛大に誤解してたわね、あの人——」

「そうだね。アカデミーを卒業した後、近衛騎士団に行くのは止めてね、ラニ」

イングリスはラフィニアに付いて行く事になるので、後方に回される事になりそうな近衛騎士団は勘弁して欲しい。

「約束して欲しかったら——ちゃんと納得行く話を聞かせてよね？ 何を企んでるの？」

「とりあえず、リップルさんが今すぐ連れて行かれるのを避けただけだよ。王様の命令である以上、いくら嫌だって言っても、本気で抵抗したら反逆者になるから。まあ、ラニがそれでいいなら、わたしはいいけど——」

「よ、良くありませんよっ⁉　馬鹿な事は考えないで下さいね……⁉」

「さ、さらりと凄い事言うなあ……イングリスちゃん――」

ミリエラ校長とリップルがビックリしていた。

「さ、さすがにそんな事できないわよ……！　ラファ兄様と敵になるんでしょ？　ユミルだってどうなるか分からないし――」

「うん、そうだね。だからそれよりも、素直に協力するふりで時間をかけさせて――その間にいい案を考えるんだよ」

「うん……！　よぉしいい考えいい考え――」

ラフィニアは、凄く真面目な顔をして頷いた。

「校長先生、出過ぎた真似をして済みませんでした」

「いえ、構いませんよぉ。イングリスさんの意図は分かりましたし――私も頭に来て冷静じゃなかったです。あまりレダスさんを責めて怒らせでもしたら、この猶予期間すら貰えなかったかも知れませんからね……」

「ですが校長先生、ここからどんな手を打ちますか？　時間は無いんだ、早く何とかしなければ……！」

と、シルヴァの口調にも表情にも、焦りが滲み出ている。かなり必死な様子だ。

何か特別な事情でもあるのだろうか？　兄への反発？　という事だろうか。

「ひ、一つだけ——今すぐ思い浮かぶ案がありますが……」

「何ですか？　校長先生⁉」

「リップルさんに私やシルヴァさんの——特級印を持つ人間の魔素を吸って貰います……そうすれば、その力で魔石獣が召喚されますから——それが止まるまで、ひたすら魔石獣を倒し続けます。現れる魔石獣は獣人種のものだけで、獣人種の魔石獣の数は有限です。全滅させれば、実質的に異変は無効化されます——」

と、ミリエラ校長はどこかで聞いたような事を言うのだった。

「う……⁉　と、とんでもない力押しだ……！」

「は、はい。それを、この猶予期間の間にやってしまう、という事になります……」

非常に奥歯に物が挟まったような物言いである。

本音ならやりたくない、というのがありありと分かる。

「ミリエラ……⁉　それってイングリスちゃんが言ってた……⁉」

「は、はい——」

そう、それだ。僅かな猶予の中で解決しようと思えば、強引な手に訴えざるを得ない。

しかも別に王命に背くわけでもない。

あくまで引継ぎ中に、新たな異変が発生してしまったというだけにすればいい。

「い、イングリス……もしかして――」

「ひょっとして……」

「クリス、それ狙（ねら）いでレダスさんにああ言ってたの……!?」

ラフィニア達が疑いの線を向けてくる。

「……みんな、がんばろうね！」

イングリスは、にっこり笑顔ではぐらかした。

「だ、ダメだよそんなの！　危険過ぎるよ！　今はエリスだってラファエルだってウェインだってセオドア様だって、みんないないないんだよ!?　アカデミーのみんなだけにそんな危ない事、ボクはさせられないよ！」

と、声を上げるのはリップルである。

彼女の立場からすれば、そう思うのも当然かもしれない。

リップルの普段（ふだん）の性格は明るく、深く物事を考えていないような態度をする。

だがその一方で天恵武姫（ハイラル・メナス）として、人々を護（まも）ろうとする使命感はとても強く、その事に己（おのれ）の存在価値を見出（みいだ）しているのは言動の端々（はしばし）から見て取れる。

「そんな事させるくらいなら、ボクが大人しく天上領（ハイランド）に……！」

決死の総力戦など、アカデミーの学生にさせたくはない。

ならば大人しく自分が身を差し出せば——と思ってしまうのだろう。

「ですがリップルさん。それが最も穏便に事が済むとは限らないと思います」

「え……どういう事？」

「レダスさんは気にしていませんでしたが、セオドア特使は今回の事は教主連側からの制裁と考えておいででしたし、わたしもそう思います。となれば、そう簡単に天恵武姫の交替など認められるはずがありません。叩きたい相手が、危険があるから助けてくれと言って助けますか？　余程の見返りを用意して、こちら側から頭を下げるのならば別ですが——」

「見返り……って何を渡すの？　クリス？」

「たぶん、地上の領地——正確には街とそこに住んでいる人達……かな。セイリーン様がいたノーヴァの街の事を思い出して、ラニ。『浮遊魔法陣』で、街ごと天上領に持っていかれる事になるんじゃないかな」

「……！　そ、そんな……」

リップルの顔が引きつる。

「も、もっとダメじゃないそんなの！　セイリーン様はそんな事させないって言ってたけど、そんな人は例外だろうし……！」

「そうだね、ラニ」

「……私もイングリスさんと同意見ですよお。レダスさんはああ言っていましたけれど、もっと上では織り込み済みでしょう」

「でなければ、結局交渉は難航していずれ近衛騎士団に大きな被害が出ますね。下手をすれば王都にも」

「それはそれでまずいですよねえ……天恵武姫（ハイラル・メナス）の指揮権は、基本的に聖騎士団――ウェイン王子に任されています。下手すれば、王子が後で責任を負わされる事になりかねませんし……そうなったらアカデミーもどうなるか――」

「本当に最悪の最悪は、これを機に内乱に発展する事ではないですか？　領地を引き換えに交渉をして、後に、この事を知ったウェイン王子が黙っておられるかも分かりませんし――反発が事前に予測できるのならば、先手を打って近衛騎士団と新たな天恵武姫（ハイラル・メナス）を動員してウェイン王子の背後を衝く事もできます。ヴェネフィク軍と挟み撃ちにされれば、聖騎士団もひとたまりもないのではないですか？」

　ヴェネフィク軍の特使は、セオドア特使とは対立する教主連側だ。

　この国の国王派が教主連側に付くならば、示し合わせてウェイン王子やセオドア特使を攻撃する事もあり得るかも知れない。

「ば、馬鹿な……！　味方を背後から攻撃するなんて、いくら兄さんでも、そんな事はしない……！　決してあの人は悪い人ではないんだ……！」

と、シルヴァが声を上げる。

「でしたら余計に危険です。首をすげ替えられてしまいますから。国家にとって人は駒、いくらでも替えは利くものです」

と、イングリスは冷静に応じる。

「……君は戦闘でははしゃいでいるくせに、こういう時に恐ろしい程冷静で冷酷だな——どうしてそこまで割り切っていられる？」

「ええと——？　人生経験、でしょうか？」

と、イングリスはにこりとするが、シルヴァは困惑した表情を浮かべるだけだった。

当然ではある。彼にはイングリスの前世での経験など、知る由もないのだから。

「あり得ないと言いたいですけれど……言いたいですけれど……国王陛下とウェイン王子の関係が、決して良好でないのは事実です——最悪のケースとして、頭に入れておくべきですね」

「はい、校長先生。このままですと最悪は内乱、最高は……そうですね。交渉が長引いた上で、大きな被害が出る前にヴェネフィク側の問題を解決されたウェイン王子やセオドア特使が戻られて、結果として何も起きない――という所でしょうか。その中で最悪の方向に事態が進みそうなのであれば、先程の力技での解決が有効かと思います」

「どう転ぶか、慎重に見極めて手を打たないといけませんね」

「そうですね。ふふふっ……」

無論イングリスとしては、力技を行使せざるを得なくなる事態を望むし、恐らくそうなるだろうと思っている。

一体何処まで強い敵が呼び出されるか、楽しみではないか。

今開発中の新技は、現時点の感触では、ある程度相手が強くないと成り立たない。

新技を受けるに足る相手に出て来て欲しいものだ。

「こらクリス。考えてる事は分かったから、せめてニヤニヤするのを止めなさい」

「おっとそうだね。はしたないね」

しゃきっと真顔に。

「……まあ、イングリスがいつも通りだし、いつも通り何とかなる気もするわね――」

と、レオーネがため息交じりに言う。

「ですわねえ――緊張感を最後にぶち壊しましたわね」

リーゼロッテも同じく。

「と、とにかくシルヴァさんは、あれこれ理由をつけて、できるだけ引継ぎ期間を引き延ばして下さい」

「そうですね——分かりました」

「それから、この事はウェイン王子やセオドアさんに知らせる必要がありますから、すぐに伝令を出しましょう。後は先ほども言ったように、慎重に事態を見極めます。私もできるだけのコネを使って、交渉の様子を探(さぐ)ってみますねえ。それからリップルさん。という事ですから、自分が犠牲(ぎせい)になればとは考えないで下さいねえ。私達を信じて下さい」

「う、うん……本当にごめんね、みんな……」

リップルは俯(うつむ)いて、か細い声でそう言った。

「気にしないで下さい。むしろいい機会を与(あた)えて頂いたと感謝していますので」

「クリス！　みんな真面目に考えてるんだから、茶化(ちゃか)さないの！」

「いひゃ、わひゃしゃりゃってみゃみめにゃら（いや、わたしだって真面目だよ）」

「戦うことにね！」

「うみゅ」

「ふふふっ……もう。いいなあイングリスちゃん達は——いい意味で図太いよね」

イングリスとラフィニアの様子を見て、リップルはちょっと笑顔になっていた。

第5章 15歳のイングリス　天恵武姫護衛指令　その5

近衛騎士団長レダスが騎士アカデミーを訪れてから、五日が経過した。

リップルの身柄は、今の所まだ騎士アカデミーが預かっている状況だ。

シルヴァが上手く振る舞って、近衛騎士団への引継ぎを遅らせていたのだ。

シルヴァが騎士団長レダスの弟なのは、近衛騎士団の一員なら誰もが知るところ。

そのシルヴァが多少緩い動きをしても、あえて時間をかけているように見えても、表立って問題視する者は誰もいない。

実際天上領との交渉が妥結しておらず、目途が立たないという事情もそれを後押ししていた。

アカデミー側としては、その一方で出陣した聖騎士団への伝令にラティとプラムを送った。

ラティの機甲鳥性能速度を限界以上に引き出す操縦技術は、全生徒でも一番らしい。

プラムは本人の希望と、ラティの護衛役だ。

それから機甲鳥(フライギア)に何か不具合が発生した場合に、魔印(ルーン)から魔素(マナ)を直接供給する動力源として。

現在の状況は、その帰りを待ちつつ現状維持(いじ)だった。

表向きは、今まで通り。だが事情を知る者にとっては、日に日に緊張感が高まって行った。

そんな状況であっても、天然自然というものは気まぐれなもの。

その日の夜、王都には虹の雨(プリズムフロウ)が降り注いでいた。

キラキラとした虹色(にじいろ)の雨露(あめつゆ)が夜空を舞(ま)う——

そんな幻想的(げんそうてき)で恐(おそ)ろしい光景の中、レオーネはリーゼロッテと共に空を舞っていた。

彼女の白い翼(つばさ)を生む魔印武具(アーティファクト)の力で、一緒に飛ばせて貰(もら)っていたのだ。

「リーゼロッテ、急いで！　あそこの魔石獣(ませきじゅう)、民家を襲(おそ)おうとしてるわ！」

巨大(きょだい)な烏(からす)の形態の魔石獣が、ある民家の屋根を突(つ)き破(やぶ)ろうとしていた。

「ええ、急ぎますわよ！」

リーゼロッテがぐんと速度を上げる。

今日はイングリスとラフィニアは、シルヴァの代わりに三回生のリップルの護衛を手伝いに出ており、今は二人だけだ。

周囲には正規の騎士達（きしたち）が展開し、それぞれに魔石獣の掃討（そうとう）に移っている。

騎士アカデミーは全寮制（ぜんりょうせい）で、基本的に門限がある。

が、こういう事態に外に出て、魔石獣の掃討に手を貸すことは認められている。

ミリエラ校長が認めた、特別課外学習の許可を得た生徒は――の話だが。

レオーネは普段から、時折夜中に寮（りょう）を抜（ぬ）け出（だ）しては、街中の夜回りをしていた。

イングリス達が夜の街でレオンを見かけた、と聞いてからずっとだ。

校則違反（いはん）なのは重々承知だが、まだ王都にレオンが潜伏（せんぷく）しているかも知れないと思うと、どうしてもじっとしていられないのだ。

そんなレオーネの行動を同室のリーゼロッテは黙認（もくにん）し、時々夜回りに付き合ってもくれる。

が、レオーネ以上に規律を重視する性格なので、校則違反の翌日はいつも、バレはしないかとビクビクしている。

今夜は虹の雨（プリズムフロウ）が降っているため、大手を振（ふ）って出て来ても良く、そんな心配は無いが。

「接近しましたわよ！」

目標の魔石獣に近づくと、リーゼロッテはレオーネに呼（よ）び掛（か）ける。

「降りるわ！」

手を離して貰い、レオーネは宙に身を躍らせる。

落下をしながら、黒い大剣の魔印武具を伸長。

「やあぁぁぁぁぁあっ！」

大きく振りかぶって、落下の勢いも乗せ、魔石獣を斬り伏せる。

——はずだったがその寸前、輝く四本足の何物かが、横から飛び出し魔石獣に突進した。


ゴウウゥゥウンッ！


そしてその身ごと、激しい閃光をまき散らしながら弾け飛んだ！

「⁉」

その威力の凄まじさにレオーネの剣も押されて弾かれ、手にかなりの痺れが残る。

無論巻き込まれた魔石獣は無事には済まず、原形を留めない程に四散していた。

「な……⁉」

だが、レオーネにとって驚くべきは、その威力ではない。

「こ、これは……これはレオンお兄様の魔印武具の雷の獣だわ……！」

何度も見せて貰った事がある。忘れない。絶対に見間違いではない。

と、言う事は――ここに、この近くに――！　とうとう尻尾を掴んだ……！

レオーネは目の色を変え、忙しなく周囲の様子を探る。

「レオンお兄様⁉　何処⁉　近くにいるんでしょう！　出てきなさいっ！」

「レオーネ！　どうしたんですの急に――⁉」

リーゼロッテが近くに降りて来る。

「今の見たでしょう⁉　雷の獣！　レオンお兄様が愛用している魔印武具の力よ！　だからきっとこの近くにいるわ！」

「……！」

「あ！　いたわ、あそこっ！」

リーゼロッテの背中側に見える細い路地の曲がり角。

そこに雷の獣の姿がちらりと見えた。

「逃がさないっ！」

レオーネは全速力で、そちらに駆けこんで行く。

「あっ！　レオーネ！　一人では危険ですわ！」

リーゼロッテもその後ろを付いて行く。

雷の獣は、路地を曲がるとふっと掻き消え、また次の角で誘うように姿を見せつけ、そこまで行くとまたふっと掻き消えを繰り返す。

段々レオーネもリーゼロッテも、どこを走っているかが分からなくなってしまう。

「レオーネ！　あれは明らかに、こちらを誘っていますわよ……!?」

「ええ分かってる！　だけど、私は行かざるを得ないわ！　あなたは戻ってくれても構わないわよ？」

「いいえ、行きますわ！　いざとなれば、わたくしの翼で退却もできますから！」

「ありがとう！」

と、雷の獣を追いかけているうちに曲がり角が途切れ、一本道の先に地下への通路が続いている場所に行き当たった。

雷の獣はその中へと降りて行き、姿が見えなくなった。

「この先ね……！」

「罠かも知れません。気を付けて」

「ええ。行くわよ――！」

レオーネとリーゼロッテは頷き合って、地下への道を降りて行く。

その先は何かの倉庫のような、大きな空間だった。

自分達の足音だけが響く静寂の中を、暫く進んで行くと――

突然(とつぜん)ふっと前方に雷の獣が姿を見せ、その輝く体が照明代わりに周囲を照らした。

その中に浮かび上(あ)がる影(かげ)は——

「よお。久しぶりだな、レオーネ」

口調こそ明るいが、どこか気まずそうにしているレオンだった。

「お兄様……ッ！　それに——」

レオン一人ではなかった。

血鉄鎖(けつてつさ)旅団の首領の黒仮面(くろかめん)。

それに、天恵武姫(ハイラル・メナス)のシスティアも一緒だった。

「レオーネ、彼等(かれら)をご存じですの？」

レオーネは後に続くリーゼロッテに、鋭(するど)く警告を発する。

「リーゼロッテ！　気を付けて！　あれは血鉄鎖旅団の首領と、敵の天恵武姫(ハイラル・メナス)よ……！」

リーゼロッテは、聖騎士(せいきし)だったレオンはともかく他の二人を見た事は無いはずだ。

以前、特使ミュンテーの暗殺騒(さわ)ぎで彼等が姿を現した時も、ちょうど入れ違(ちが)いになっていた。

「……！　まあ、悪の親玉のお出ましという事ですわね……！」

黒仮面はリーゼロッテのその台詞(せりふ)に反応した。

「我々にそのつもりは無いがな。何が正義で何が悪かは、その者の立場によって変わるものだ」

「将来この国の騎士になるわたくし達にとっては、あなたは明確な悪党ですわ！」

リーゼロッテはそう断じて、愛用の斧槍(おのやり)の魔印武具(アーティファクト)を構える。

「フッ。健気(けなげ)なものだ」

「お気になさることはありません。無知であるがゆえに、そう言えるだけの事――」

言いながら、システィアは黒仮面を庇(かば)う位置に進み出た。

その様子を見ながら、リーゼロッテは思う。

この黒仮面は、一体何者なのだろうか？

前にレオーネから、レオンが血鉄鎖旅団の首領かも知れないと話を聞いた事があったのだが、どうやらそれは違うようだ。

こうして二人が一緒にいる所を見れば、明らかだ。

レオンのような特級印を持つ聖騎士が首領ならば、自分の組織に天恵武姫(ハイラル・メナス)を抱(かか)えていても不思議ではないが――

聖騎士も天恵武姫(ハイラル・メナス)も従える者の正体とは……？

何故(なぜ)顔を隠(かく)す？

賛同者を集め、人々を導こうと言うのなら、堂々と顔を出し名を名乗った方がいい。

ならば出せない理由でもあるのだろうか？

つまりこれは裏の顔であり、表の顔が別にある——とは考えられないだろうか。

ではその表の顔は……？

「おいシスティアさんよ。勝手に襲いかかるんじゃねえぞ？」

「そんな事は分かっている！」

「ホントかよ。どうもあんたは俺の知ってる天恵武姫の中で、一番血の気が多いからなあ。

今夜は戦いに来たんじゃねえんだからな？」

その二人のやり取りを、レオーネの剣閃が斬り裂いた。

「そちらの都合なんて、私の知った事じゃないわ！」

刀身を伸ばした黒い大剣の斬撃が、頭上からレオンに襲い掛かる。


ガイィィインッ！


甲高い音に、舞い散る火花。

レオンの鉄手甲の魔印武具がレオーネの剣を受け止めていた。

「レオーネ……っ！　止めろ、今はこんな事してる場合じゃねえんだ……！」

レオンがそう制止をしても、興奮状態にあるレオーネは止まらない。

「こんな事ですって……!?　私には……！　私にはこれ以上重要な事なんてないっ！」

レオーネは一度剣を元の長さに引き戻すと、離れた間合いのまま突きを繰り出す。

全力で突き出す剣速と、魔印武具が高速で伸びる速さ。

二つの速さが合わさって、レオンの見立てを超える技の冴えと化す。

レオーネの渾身の突きは、身をかわそうとしたレオンの肩口を浅くだが掠めていた。

「……！　なるほど、成長してるな……！」

「逃がさないっ！」

追撃の薙ぎ払いは、惜しくも飛び退いて回避されてしまう。

しかもレオンの身代わりのように雷の獣がその場に残り、レオーネの剣はそれを叩いてしまう。即座に雷の獣は爆発をし、その衝撃で刀身が大きく弾かれてしまう。

「くっ……！」

「レオーネ！　頼むから話をだな……！」

「聞く耳持ちません！　国も家族も故郷も志も捨てた人の話なんて……っ！」

レオーネは体勢を立て直し、再びレオンに斬りかかって行く。

「ふん。私より血の気の多い者がいるな」

「仕方あるまい。血を分けた兄妹の事だ、我々には立ち入れん。少々様子を見よう」

呆れた様子のシスティアに、見守る様子の黒仮面。

「アールシア家のご息女も、手出しは控えて頂けまいか。加勢をするというのであれば、こちらも同志レオンを守るために動かざるを得ん」

「……ええ」

とだけ短く応じる。

レオーネのあの剣幕では、リーゼロッテとしても手出しをしづらいのは確かだ。

しかし、黒仮面はどうやらリーゼロッテの事を知っているようだ。

確かにリーゼロッテはアールシア元宰相の娘ではあるが、まだ騎士アカデミーの一学生であるのに──だ。

そこまで細かい情報を吸い上げられるほどに、血鉄鎖旅団の協力者、内通者があちこちにいるという事だろうか。

アールシア家に仕える人々の中にも、あるいは騎士アカデミーの中にも──

ガキィイインッ！

再び舞い散る火花。衝撃音。

　今度はかなり接近した間合いで、レオンがレオーネの剣を鉄手甲で挟むように組み止めていた。

「お父様もお母様ももういない……っ！　だけど、残されたアールメンの街の人達のためにも、私はお兄様を許しませんっ！」

「そのアールメンの街が無くなっちまったら、何にもならんだろ……⁉　今はそういう事態なんだよ……！」

「え……⁉」

　レオーネが眉をひそめた瞬間、黒仮面が口を開く。

「王宮は天上領の教主連側との関係改善のために、地上の領土を差し出す事を決めたようだ。そしてその対象は――アールメンとシアロトだ」

「「な……⁉」」

　黒仮面の言葉に、レオーネもリーゼロッテも衝撃を受ける。

　アールメンはレオーネの故郷、そしてシアロトはリーゼロッテの故郷だったのだ。

「アールメンとシアロトが……⁉」

「ど、どうして――⁉　どうしてそんな事になりますの⁉」

　動揺するレオーネとリーゼロッテに、黒仮面は静かに告げる。

「何も可笑しなことではあるまい。アールメンは氷漬けの虹の王を監視するという役目を終え、シアロトの主であるアールシア宰相はその役を退き、国王派からも王子派からも距離を置いた。つまりは、どちらにとっても役に立たん者というわけだ。天上領に差し出したところで、最も影響は少なかろう」

「そういう問題じゃないわっ！」

「どうしてそこまでする必要がありますか⁉　そこに何の正義があるというのです⁉」

レオーネとリーゼロッテの剣幕を、黒仮面はさらりと受け流す。

「それを私に問われてもな。我々もそれを認めぬからこそ、ここにいるのだからな」

「そうだ！　見当違いな事を言うな！　怒りをぶつけるならば、天上領に領民を売り渡してまで媚を売ろうとする、お前達の愚かな王にぶつけろ！」

「「……っ⁉」」

システィアの批判ももっともで、レオーネとリーゼロッテは反論が出来ない。

「フン。この国は国王派だ王子派だと、下らぬ縄張り争いで呑気なものだ。何が一番大切かが全く見えていない。そしてその不明が、無辜の民を殺す事になる——私はこの男を好かぬが、馬鹿な王族共よりは余程利口だと思うがな」

と、システィアはレオンの方を見ながら言う。

「……止(よ)してくれよ。俺の選択(せんたく)でアールメンの街や両親も、そして妹までも不幸になっちまってんだ——決して利口なんかじゃねえ。彼等の期待を背負いきれなかった大馬鹿者だよ、俺は。結局我が身(わがみ)が可愛(かわい)かったのさ」

「システィア。レオンはこう見えて優(やさ)しい男なのだよ。大義と、近しい人々の幸せとが矛盾(むじゅん)した時に、取らなかった方の事を思って心を痛める。だから、あまり触(ふ)れてやるな」

「は、分かりました」

「それに彼女等(かのじょら)も、将来は王国の騎士となる候補生だ。言えぬ事も出来ぬ事もあろう。地上の国の内部の問題は、各々(おのおの)が解決すべき事。我等(われら)の与(あずか)り知(し)らぬところだ」

「はい。承知致(いた)しました」

高慢(こうまん)、高圧的な態度のシスティアだが、黒仮面には絶対服従のようだ。

「分からない……！　どうして私達(たち)にその事を教えるの——!?」

「ええ。レオーネの言う通りですわ、何が狙いです……!?」

「他意はない。情報提供だ。そちらにも必要だろう？　天恵武姫(ハイラル・メナス)の引き渡しは四日後。天上領(ハイランド)側の船がやって来て、そこで歓待(かんたい)と最終的な調印を済ませた翌日に行われるようだ。我々は調印が終わる前に、天上領(ハイランド)の船を襲って調印の使者を討(う)つ——我等の敵は、地上を食い物にしようとする天上人(ハイランダー)のみ」

「「……！」」

血鉄鎖旅団による、天上人（ハイランダー）の襲撃（しゅうげき）計画だ。

それを事前に教えて来るとは――――！

「君達にも、いろいろと思惑（おもわく）や計画はあるのだろう？　何かの動きを起こすならば、我々の動きに乗じて動く事だ。せいぜい利用するのだな」

「信用できると思うの⁉　敵の言う事なんて！」

「そうですわ！」

「信用するもしないも、君達の自由だ。この事をアカデミーの責任者に伝えるか否（いな）かも含（ふく）めてな。願わくばこの事を伝えて頂き、我等の計画の邪魔（じゃま）をせぬようにして頂きたい」

「「…………」」

二人とも、何をどうするとも言えなかった。

「伝えるべきことは伝えた、では失礼をする」

と、黒仮面は踵（きびす）を返し、システィアはすぐさまその後ろに続く。

レオンだけが、少し残ってレオーネ達に声をかける。

「分かってると思うが……ここで俺達（おれたち）を行かせんように戦って、もし倒（たお）せたとしてもアールメンとシアロトの譲渡（じょうと）を止める奴（やつ）がいなくなるだけだぜ？　だから……今は止めとこうぜ、また今度な——」

「……お兄様！　でも私は——どんな理由があったとしても……っ！」

「ああ。レオーネ、お前にはお前の考えと、やるべきことがある……迷う事はねえ、それを貫けばいい。誰も止められやしねえさ。ただ一つだけ——成長したな、俺は何にもしてやれてねえが……嬉しかったぜ。そのまま頑張りな」

レオンは少しだけ笑みを見せて、そして黒仮面の後に続いて行った。

「お兄様——」

その愛想のいい笑顔は、小さな頃にいつも自分に向けていてくれたものと同じで——

レオーネはそれを見て、思わず懐かしさを覚えていた。

だがそれは、今の自分にとってはいけない事だ。

いざという時、覚悟が鈍りかねない。

「……っ！」

必死に頭を振って、感傷を振り払った。

「レオーネ、どうしますか？　この事は——？」

「……校長先生には、伝えた方がいいと思う。帰って伝えましょう」

「ええ——アールメンもシアロトも、何とか無事に済ませませんと……！」

レオーネとリーゼロッテはアカデミーに帰り、今夜の事をミリエラ校長に伝えた。

その場にはイングリスも居合わせて、血鉄鎖旅団の計画について話を聞くと――

「へぇ……じゃあわたし達は、血鉄鎖旅団を捕まえつつ、獣人種の魔石獣を全部倒せばいいよね？　ふふふ……単に魔石獣だけ相手にするより、きっとその方が盛り上がるね」

嬉しそうに、目を輝かせるのだった。

騎士アカデミー、夜の食堂――

「「お待たせしました、お嬢様」」

王宮付で働くメイドの服装に身を包んだイングリスとラフィニアが、レオーネとリーゼロッテの前に、持って来たお皿を並べて行く。

「超特大全部載せ激辛パスタです」

「超特大骨付き肉の炙りチーズ焼きです」

「超特大全部載せホワイトソースパスタです」

「食後のデザートのホールケーキセットです」

どんっ！　どんっ！　どんっ！　どんっ！

テーブルに巨大な威圧感と存在感を持って舞い降りる大皿達。

「た、頼んでないわよこんなの！」

「た、食べられるわけがないでしょう……!?」

悲鳴を上げるレオーネとリーゼロッテ。

「うん、知ってた」

無論先程のあれは冗談で、自分達で食べるためのものだ。

「いただきまーす！」

猛然と食べ始めるイングリスとラフィニア。

「うーん、やっぱり味と量のバランスは食堂が一番よね！　あたし達用のメニューもあるし！」

「そうだね。タダだし」

「でも、もうすぐで校長先生と約束した食堂で食べ放題の期間が終わっちゃうわ」

「うん。でも明日の作戦が上手く行ったら、期間延長してくれるって校長先生と約束したから」

「ほんと!?　ナイスよクリス！　絶対に失敗できないわ！」

「うん。そのためにも、今から気合を入れて腹ごしらえをしておかなきゃ」

「そうね！　よーし、張り切っていっぱい食べるわよ！」

「うん、そうだねラニ」


ばくばくばくばくばくっ！


会話の間にも物凄(ものすご)い勢いで山盛りの料理が消えて行く。

「「…………」」

レオーネとリーゼロッテとしては、もはや見慣れて来たので二人の食べる量とスピードには一々触れないが――

そのメイドの格好はちょっと気になる。

「で、その格好は何ですの？」

「明日の予行演習？」

今は国王派と天上領(ハイランド)の教主連側との正式調印の前夜。

明日のイングリスとラフィニアの行動予定には、この服装が必要だった。

「うん。そうだよ」

「一応メイドさんらしく振る舞えるように練習しとこうかなって。それにちょっと可愛いからクリスに着せてみたかったの。明日になったらそんな余裕ないし」

「似合ってるわ、イングリス。凄くきれいよ」

「何を着てもさまになりますわねえ、イングリスさんは――」

「ふふっ。ありがとう」

自分でも鏡を見てそう思ったので、褒めて貰えるのは素直に受け取ろう。

「ほらほらクリス、一周回って見せてあげて？　くるんと回ってメイドさんらしく一言、笑顔でね？」

「うん、いいよ」

イングリスは、すっと静かに立ち上がる。

くるんと回ると、衣装の裾や、長い銀髪がふわりと揺れる。そして――

「お帰りなさいませ、お嬢様」

会釈をしながら、にこっと笑顔。

「ぷっ――」

「……ふふっ」

「あはは……っ」

しかしラフィニア達は、何だか笑いを堪えているようだ。

「？」

首を捻るイングリスの頬に、そっとラフィニアが触れた。

「ごはんつぶ、ついてたわよ？　可愛いけどドジっ子のメイドさんね？」

「ふふふ、もう……こっちは明日に向けて緊張していたのに――」

「あははっ。あなた達がいつも通り過ぎて、何だか逆にほっとしますわね」

可笑しそうに笑われてしまうが、まあそれで緊張がほぐれるならばそれでいいだろう。

「何を遊んでいるんだ、君達は……」

と、そこに通りかかったシルヴァが呆れた目でこちらを見つめていた。

「あ、シルヴァ先輩」

「こんばんは。どうです、クリスのメイドさん姿？　可愛いですよね？」

「……遊ぶためにそれを用意したんじゃないぞ。全く君達は、最初から終始一貫して緊張感が無いな――」

明日、王宮に潜り込めるように臨時のメイドの仕事を用意してくれたのは、シルヴァのコネだった。

近衛騎士団は、王宮とは切っても切れない関係である。

騎士団長レダスの弟で特級印を持つシルヴァは、王宮に多少なりとも顔が利く。

「シルヴァ先輩は、少し緊張気味ですね？」

夕食を載せた皿を運ぶ手も、多少強張っているように見える。

「当たり前だろう。色々なものが明日で決まるんだ。僕達の手によってな——この国の行く先もそうだし、リップル様の命運もそうだ。だが全てが上手く行かないと、リップル様は自分のせいだと、自分をお攻めになるだろう。そうはさせたくない。そのためには、特に君達二人の働きが重要だ。そちらの状況には僕は手が出せないからな」

明日はイングリスとラフィニアは、アカデミーの本体とは別行動予定なのだ。

「本当に頼むぞ、リップル様のためにな」

シルヴァは、余程リップルの事を心配しているらしい。

そう言えばリップルはシルヴァに何も問題を感じていなかったようだし、相性がいいと思うとも言っていた。

余程敬った、紳士的な態度で接していたのだろうか。

自分が大怪我を負った時も、リップルを気遣っていた。

それにリップルの天恵武姫(ハイラル・メナス)としての武器は銃で、シルヴァが普段使う武器も銃である。

何か関係があるのだろうか？

「シルヴァ先輩って、リップルさんのこと好きなんですか？」

こういう時、ラフィニアがいると助かる。

立ち入った事を——と、気になるけれども遠慮するような所に直球を投げてくれる。

「ば……！　馬鹿な事を言うな……！　そんな下種な感情じゃあないっ！」

と、狼狽え少々耳も赤いので、多分そうなのだろう。

ラフィニアはニヤニヤしている。

レオーネとリーゼロッテは、微笑ましそうに眺めていた。

「ふーん——別にいいのに、ねえクリス？」

「うん。そうだね」

「良くはないっ！　天恵武姫様を捕まえて、そんな無礼な事を考えはしない……！　確かに、大いに尊敬させて頂いてはいるが——」

「何かあったんですか？」

「昔……まだ僕が子供の頃、魔石獣に襲われたところを救って頂いたんだ。だが、リップル様が来られる前に、一緒にいた友人は亡くなってしまってな……あの子は無印者だったが、僕を庇って——僕の弱さが、友達を殺してしまった事になる」

シルヴァは伏し目がちになり、静かにそう述べる。

振り返って思うと、シルヴァは魔印(ルーン)のない従騎士であるイングリスやユアがリップルの護衛に入る事に反対していた。

無印者を嫌(きら)っていると思いきや、同じ従騎士のラティに対しては身を挺(てい)して庇った。

そして文句の一つも言わず、優しかった。

つまるところ、力のない無印者は危険から遠ざけようとするし、そしていざという時は何としてでも守る、という考えなのだろう。

イングリスとユアはそのような気遣いが無用な例外であるため、一度は余計な軋轢(あつれき)を生んでしまったわけだが――数多くの普通(ふつう)の無印者にとっては、頼(たよ)りになる存在だろう。

「あ、ごめんなさい――辛(つら)い話を……」

ラフィニアが申し訳なさそうな顔をする。

「いや、いいんだ。それで君達がやる気になってくれるならな。リップル様は、泣いている僕を抱(だ)きしめて慰(なぐさ)めて下さった。亡くなった友達のためにも強くなって、その何十倍、何百倍もの人を護(まも)れるようになれと――その言葉があったから、今こうしていられる。いつかリップル様と共に戦う事を目指して修練を重ねて来たんだ」

「ひょっとして、シルヴァ先輩の銃の魔印武具(アーティファクト)もリップルさんに合わせて選んだものですか？」

「ああ、そうだ。その方が、リップル様と共い戦い易(やす)いだろうからな」

イングリスの問いに、少々嬉しそうにシルヴァは頷(うなず)く。

「やっぱり天恵武姫(ハイラル・メナス)の方は、国と人を護って下さる女神(めがみ)よね」

「そうですわね。ご立派ですわ、リップル様は」

レオーネもリーゼロッテも、感じ入ったように頷いている。

「だが、この話はリップル様にはしないでくれ。この間改めて昔のお礼を述べさせて貰ったんだが——僕の事は覚えて下さっていたが、何故(なぜ)だか辛そうな顔をされていた。ご心配やご心労をおかけしたくは無いからな」

「はい、分かりました。でも、何でだろうね？」

「うーん。分からないね」

ラフィニアもイングリスも首を捻るしかなかった。

「無理に知ろうとは思わないさ。天上領(ハイランド)に戻られず、この国に居続けて下されば——いずれお気持ちを話して下さる事もある」

「はい。そのためにも明日は頑張らなきゃですね！　ね、クリス？」

「うん、ラニ。こちらは任せて下さい、シルヴァ先輩。そちらは……出来るだけゆっくりしていてくださいね？　自分達が終わったらそちらに行って戦いたいので」

「……どれだけ戦いたいんだ？　君は」

「そうですね――お腹(なか)が空いていなければ、ずっと戦っていたいですが？」

「…………」

にっこりと応答するイングリスに、シルヴァは絶句していた。

そして翌日、天上領(ハイランド)との正式調印の日がやって来た。

第6章　15歳のイングリス　天恵武姫護衛指令　その6

「おーい、新入りちゃん達！　次はこっちを頼むぜ！」

「「はーい！」」

と、メイド衣装のイングリスとラフィニアは元気よく返事をすると、料理を運ぶワゴンに大皿を満載してお城の厨房を出る。

厨房から大広間のパーティの会場に料理を運んで並べるだけの、単純な作業だ。

イングリス達は忙しい今日だけの日雇い扱いなので、出来ることはこの位である。

しかし、これが非常に楽しかった。

「うわあぁぁ～～美味しそうね！　美味しそう！」

「お城の料理はやっぱり一味違うね……！」

鮮やかな彩り、洗練された香り、そして奥深い味わい――

一流の料理人が、一流の食材を腕によりをかけて料理した結果だ。

騎士アカデミーの食堂が決して悪いわけではないが、やはり違った。

「あ、ラニそれ食べ過ぎだよ。海老（えび）の山が無くなるよ」

「クリスこそ、お肉何切れ食べるのよ、ダメじゃない」

庭に面した長い廊下（ろうか）を運んで行く間、人目を盗（ぬす）んでのつまみ食いが非常に捗（はかど）っていた。

本来はいけない事であり、それは重々承知している。

が、今日の天上領（ハイランド）の使者を迎（むか）えたパーティは、血鉄鎖旅団の襲撃によってフイになってしまう予定である。

ならば今、自分達が少しでも食べておくほうが料理も浮（う）かばれるというものだ。

ゴゥンゴゥン――ゴゥンゴゥン――

低く響く振動音（しんどうおん）のようなものが、遠くから響いてくる。

頭上、いやもっと上。空の彼方（かなた）からだ。

夕暮れに染まる雲を突（つ）き破（やぶ）るように、天上領（ハイランド）の飛空戦艦（せんかん）がその姿を現していた。

「うわぁ――大きい船ね。セオドア様の船と同じか、それ以上かも……！」

「そうだね。どんな人が責任者なのかな――」

「……できれば、セオドア様やセイリーン様みたいなまともな人がいいけど。そっちを守るのだって任務だし……」

イングリスとラフィニアが潜入しているのは、血鉄鎖旅団の襲撃から国王と天上領の使者を守るためだった。

王宮や近衛騎士団には、あえて襲撃の情報を伝えていない。

ミリエラ校長の判断であり、イングリスの希望でもあった。

「でもラーアルとかミュンテーみたいな感じかなあ……だとしたら守り甲斐が無いわよねー」

ラフィニアはうーんと唸る。

「国王陛下も見た事ないね、そう言えば」

「そうねえ、もしかしたらそっちも嫌な人かも知れないわよね？　ウェイン王子と仲が悪いんでしょ？　王子はいい人だし……」

「ふふっ。そうだね」

ちょっと可愛らしい発想だ。ラフィニアの論法で言えば、いい人と嫌な人しか仲違いしない事になる。

実際はいい人同士だろうが、嫌な人同士だろうが、立場や考えが違えば仲違いもするだろう。

要は相性だ。善悪などそこには関係ない。

「まあ、わたしはどっちでもいいよ。戦う相手は他にたっぷりいるし」

レオーネとリーゼロッテが黒仮面や、システィア、レオンを目撃(もくげき)している事から、彼等が出て来るのだろう。

霊素(エーテル)の使い手、天恵武姫(ハイラル・メナス)、元聖騎士――

それらを一斉(いっせい)に相手取る事の出来る戦場が、今日この場所なのだ。素晴(すば)らしいではないか。

そして彼等を捕縛(ほばく)した後は、即座(そくざ)に騎士アカデミーに戻るつもりでいる。

ミリエラ校長とシルヴァが主導する、リップルが呼び出す魔石獣(ませきじゅう)を殲滅(せんめつ)する作戦に合流するのだ。

そこでも沢山(たくさん)の魔石獣と戦えるだろう、見た事のない強力な個体が現れてくれるかもしれない。

「うふふ……楽しみだね、久しぶりに思いっきり戦えそう」

「ほんと、クリスはいつも通りねー。流石(さすが)にあたしはちょっと緊張(きんちょう)して来たわよ？」

「戦いそのものを純粋(じゅんすい)に楽しめるようになればいいんだよ。そこに強い敵がいる。戦う。楽しい。それだけ感じればいいんだよ？」

「いやいや……他に考えるべき事が色々あると思うんだけど――まあそれがクリスだから仕方ないけど」

そしてさらに準備は進み――

パーティの出席者や、会場を音楽で彩る楽士達、そして警護に当たる騎士達が大広間に居並んでいた。

イングリス達も、端の方で給仕のために待機をしている。

そこに、悠然とした足取りで、豪奢なガウンを身に纏った初老の男性が現れる。

背が高く逞しい体格の偉丈夫で、多分に白髪混じりの髪をしている。

手に携えた立派な王笏から、立場は明らかだ。その傍らには、近衛騎士団長のレダスも控えている。

「おお、国王陛下のお出ましだ――」

「カーリアス陛下……！」

「国王陛下、万歳！」

歓声がカーリアス国王を包んでいた。

こうして見る限り、堂々とした威厳を持った人物だし、人望もありそうだ。

それに何より――

「へえ……国王陛下って、特級印を持ってるんだね――」

国王の右の手の甲に輝くのは、紛れもなく特級印だった。

「そうね。だったらきっと強いから、守るのもきっと楽よね」

「そうとは限らないよ？　国王なんてやってたら、訓練する暇は無いから」

前世の経験からすると、真面目にやっていれば絶対にそうなる。ならざるを得ないものだ。

「？　珍しいわね、クリスが戦ってみたいって言わないなんて」

「いや、戦ってみたくないとは言ってないけど？」

「……ダメよ？　もしお話しする機会があったとしても、変な事言わないでよ？」

と、カーリアス国王が集まった人々に呼び掛ける。

「今宵、天上領の使者をお招き出来ることを幸いに思う。使者殿には我等が天恵武姫の異変を受け、新たな天恵武姫を遣わせて頂く事をお約束頂いた。これを機に我等が国の未来はますます栄えるであろう」

王笏を掲げて述べたその言葉に、パチパチと拍手が起きる。

「アールメンとシアロトの話は……!?　何も言ってないけど――あ、領地を渡さなくて良くなったの？」

「そうじゃないと思う。こういう時、成果だけ言って悪い事は言わないのは普通だよ？」

「……何か狡（ずる）いわ」

不服そうなラフィニアの純粋さは、可愛らしい。イングリスは目を細める。

「では天上領（ハイランド）の使者をお招きしよう。皆（みな）、失礼のないようにお迎え致すのだ」

国王がそう宣言し、会場の入り口の方に向けて首を垂れる。

皆も従い、その中で――額に聖痕（せいこん）を持つ天上人（ハイランダー）が会場に入って来た。

左右で色の違（ちが）う赤と青の瞳（ひとみ）。髪色は真っ白だが、前髪（まえがみ）の一房（ひとふさ）ずつが瞳と同じ赤と青だ。

豪華（ごうか）な装飾（そうしょく）の鎧（よろい）に身を包んでいるが――その背丈（せたけ）は小さい。

「子供……？」

そう、やって来たのはまだ10歳程（さいほど）の、少年の天上人（ハイランダー）だった。

「わ……何だか可愛い子ね。瞳の色も髪の色も綺麗（きれい）――」

「そうだね」

イングリスは頷いて応じる。

確かにラフィニアの言う通り、見た目美しい少年ではある。

「紹介（しょうかい）しよう。天上領（ハイランド）の使者、イーベル殿だ。まだお若いが、天上領（ハイランド）の大将軍であらせられる。この私も、これほど高位の天上人（ハイランダー）にお会いするのは初めてだ」

と、カーリアス国王が少年の天上人(ハイランダー)を紹介する。

「おお……そのような方が」

「では、通常地上に来られる特使殿よりも――？」

「位が上であらせられるという事か……」

そのざわめきに、イーベルはフンと鼻を鳴らした。

「地上に遣わされる特使など、単なる外交役の小間使いだ。教主猊下(げいか)の軍をお預かりする大戦将(アークロード)たる僕と、一緒にしないで頂きたいね」

ラフィニアが唇(くちびる)を尖(とが)らせる。

「……前言撤回(てっかい)。可愛くないわ」

「そうだね」

イングリスは再び頷いた。

「素晴らしい！」

「お目にかかれて光栄です……！」

「一生の記念となります――！」

しかし、出席者達はそれを歓迎(かんげい)しているようである。

「……何か嫌な感じね。あんな事言う子供を皆でちやほやして――」

「そうだね」

イングリスは更(さら)にもう一度頷いた。

「ちょっと真面目に聞きなさいよ、クリス……！」

「えぇっ……!? 聞いてるよ？ 何怒(おこ)ってるの……？」

「聞いたんじゃなくて聞き流したんでしょ――!?」

「そんな事言ったって……」

それ以外に言いようがなかったのだが――？

そんなこちらの様子を見たわけではないだろうが、大戦将(アークロード)イーベルは、可笑(おか)しそうに笑い始めた。

「ククククク……はははは――！ これは滑稽(こっけい)だ……！ 情けない奴等(やつら)だよ、君達は。不良品の天恵武姫(ハイラル・メナス)を交換(こうかん)する代償(だいしょう)に、二つの街が召(め)し上(あ)げられる条件を知らないわけじゃないだろう？ 自分達の同胞(どうほう)の生命と財産が売り飛ばされるんだぞ……？ どうして笑顔でいられる？ どうして略奪者(りゃくだつしゃ)たる僕に尻尾(しっぽ)を振(ふ)って、媚(こ)びが売れる？ その心理は実に興味深いよ」

心底愉快(ゆかい)そうな顔で、大げさに肩(かた)を竦(すく)める。

「……悔(くや)しいけど、その通りかも――」

「そうだね」

今度は、怒られなかった。

「まあ、自分達は助かったから関係ないという事なんだろうけどね？　ふふふ……薄情なものさ、明日は我が身だというのに——愚かなものだね。一言で言って愚民だよ、君達は」

「「「…………」」」

さすがに会場は凍り付き、誰も何も言わない。そんな中、イーベルはさらに続ける。

「だが、いいんだよ。天上領の民だって愚かだからね？　自分達の足元に、君達のような奪われし者がいる事も知らない、知ろうとしない——自分達の心地好い箱庭の外を想像もできない愚民どもだからね？　五十歩百歩さ。僕としては、愚民相手の方が仕事が楽で助かる。教主猊下のために任務を達成できればそれでいいのさ。ありがとう、愚かでいてくれて」

皮肉たっぷりに、丁寧にお辞儀をして見せる。

「はっははははは！　礼には及びませぬ、イーベル殿。我々が愚かであるのは誠にその通り……！　王たる私がそうなのですからな。今後ともご指導ご鞭撻の程を、宜しくお願い致します」

カーリアス国王はこれ見よがしに大きな笑い声を上げ、大仰にイーベルに礼をして見せた。

　そして目線で、周囲を促す。

「「「お、お願い致します……！」」」

　国王に従い、他の者も深々と礼をしていた。

「……こんなの見たくない。情けないわよ――」

「そう？　でもちょっと面白いよ？」

　確かにラフィニアの言う通りだ。情けない姿ではある。

　だが普通の人間の感情ならば、ここは怒るところだ。

　怒って言葉が出ないか、声を荒らげて反論するか――

　このカーリアス国王の反応は、普通ではないのは確かだ。

　これが出来るのは、人の心を持っていないか、よほどの信念があるのか――

　いずれにせよ、なかなか興味深い。

「くくく――王よ、なかなか面白い愚か者だね君は……」

　イーベルが唇の端を吊り上げて、笑みを見せた瞬間――

　バリイイイィィィィンッ！

会場の窓が勢いよく砕け散り、巨大な影が飛び込んで来た。

それは――翼の生えた巨大な蜥蜴である、体の表面には、宝石のような鮮やかな色の鉱石が。

「「魔石獣だとっ⁉」」

会場が驚きに包まれる中、更に全身が黒い、鴉が変化した魔石獣や、羽虫の魔石獣も姿を現す。

また別の出入り口からは、犬や鼠の魔石獣も姿を見せた。

この会場だけでなく、遠くの至る方向から、一斉に悲鳴や怒号が上がり始めていた。

「……来たわね！　血鉄鎖旅団の襲撃！　やるわよクリス――って、あれ？　クリス……？」

ラフィニアの真横にいたはずのイングリスの姿が、消えていたのだ。

同時にその場の騎士達から、深刻な叫び声が上がる。

「お、おい危ないぞ！　素手で何やってる⁉」

「何やってるんだ、下がれ！」

「いかん！　止まるんだ……ッ！」

「「「そこのメイドの子っ！」」」
既にイングリスは、乱入して来た魔石獣達の真っただ中に突進していた。

ガアアァァッ！

イングリスの接近に反応した有翼の蜥蜴の魔石獣が、大きく口を開いて齧りつこうとしてくる。

「はあぁっ！」
イングリスは軽く跳躍して、その牙を避ける。
跳ぶ高さは、あえて魔石獣の頭の高さすれすれに留める。そうしながら――
流れるように前方に宙返りをしつつ、踵を魔石獣の脳天に叩き下ろした。

ドゴオォォンッ！

それが魔石獣の頭部を陥没させる程の威力を生み、べちゃんと地面に倒れ伏させる。

「「「な……!?」」」

可憐（かれん）な姿からは想像できない、異様な打撃音（だげきおん）とひしゃげた魔石獣の姿。

騎士達は目を真ん丸に見開いて――いるうちに、イングリスの姿が視界から消える。

イングリスは踵を落とした足をそのままぐっと踏（ふ）み込んで、今度は高く跳躍。

軽々と、天井（てんじょう）近くの羽虫型の魔石獣の頭上を取っていたのだ。

そして羽虫の魔石獣を回（まわ）し蹴（げ）りで叩き落（お）としつつ、反動を利用し方向転換（てんかん）。

流れるように、黒い鴉の魔石獣に肉薄（にくはく）して行く。

「おおお……!?　何て速い……!?」

「それに美しい動きだ――！」

「あの娘（むすめ）、本当にただのメイドか……!?」

騎士達の声を背に、鴉の魔石獣の大きな嘴（くちばし）を両手で抱（かか）え込み――

「ちょっと協力して下さいね！」

魔石獣の体ごと、ぐるんと振り回す。

魔石獣はイングリスの力に全く抗（あらが）えず、なすがままだった。

イングリスは、魔石獣を振り回しつつ犬や鼠の魔石獣が現れた出入り口前に着地。

「それっ！」

鴉の魔石獣で、他の魔石獣を叩き飛ばす。

犬や鼠の魔石獣は、騎士達の頭上を猛然と吹（ふ）っ飛（と）んで行く。

「……っ⁉　ち、力もとんでもないだと……⁉」

「魔印武具（アーティファクト）も無い、素手なのに……⁉」

「いやよく見ろ、魔印（ルーン）すらないぞ……⁉」

吹っ飛んだ魔石獣は、先に叩いた蜥蜴や羽虫の魔石獣に積み重なった。

更にそこに手持ちの鴉の魔石獣を投げつけると、魔石獣の山盛りが完成した。

「メイドですので、会場の清掃（せいそう）を担当させて頂きます」

イングリスは微笑（びしょう）を浮かべて、騎士達にぺこりと一礼をした。

「……力も、速さも、技（わざ）も凄いが——」

「それよりも何よりも……」

「「か、可憐だ……！」」

すっかり目を奪われてしまう騎士達。

その時、既にイングリスはラフィニアに呼び掛けていた。

「ラニ！　止めをお願い！」

魔石獣には、純粋な物理的打撃（だげき）は通用しない。

だからこそ、地上の人々は天上領（ハイランド）から下賜（かし）される魔印武具（アーティファクト）を必要とするのだ。

イングリスが行ったのは、一時的に動きを止めただけに過ぎない。

放っておけばすぐに回復して動き出してしまう。

「分かってるわ！　クリス！」

ラフィニアは光の弓の魔印武具（アーティファクト）を引き絞（しぼ）っている。


ビシュウウウウゥゥゥウンッ！


拡散した細い光の矢が、雨霰（あめあられ）と魔石獣の山盛りに降り注ぐ。

ラフィニアの放った一撃（いちげき）が、全ての魔石獣に止めを刺（さ）してくれた。

「ありがとう。ラニ」

「どういたしまして」

と、笑（え）みを交（か）わし合うイングリスとラフィニアに、国王の脇（わき）に控（ひか）えるレダスは気が付いたようだ。

「君は……騎士（きし）アカデミーのイングリス君か……!?　それに、ラファエル殿の妹も――どうしてこんな所にいる?」

「今日は休暇（きゅうか）ですので、口雇いのお仕事に来ました」

「あたし達食べ歩きが趣味なんで、その軍資金のお小遣いが欲しくって！」

イングリスもラフィニアも、無論本当のことは言わない。

うふふと愛嬌のある笑みを見せて、誤魔化すのみである。

幸い、特に疑われはしなかった。

「ふうむ、そうか――ともかく、協力に感謝するぞ。全く原理は分からんが、君は腕も立つな！　はっはっは！」

「恐れ入ります。ですが気を付けて下さい、これで終わりとは思えません」

この魔石獣達は、恐らく血鉄鎖旅団の虹の粉薬によるものだろう。

虹の雨も降っていない事を考えると、間違いはないはず。

既にこの王城に入り込んだ構成員が、虹の粉薬を撒いたのだ。

黒仮面は、カーリアス国王と大戦将イーベルとの交渉内容の情報まで入手していた。

それが誰なのかは分からないが、この王城の、それも相当高い位の人間に、血鉄鎖旅団の協力者がいるのは確かだ。

こんな魔石獣は前座に過ぎない。どこから、どんな手でやって来るか――

「ああ、分かっている！　近衛騎士団！　ただちに態勢を整えるぞ！　国王陛下と使者殿の周囲を固めろ！　出入り口を封鎖！　窓からの侵入にも備えろよ！」

「「「ははっ！」」」

レダスの指示が飛ぶと、騎士達が一斉に動き出す。

「フン。鬱陶(うっとう)しいね――」

と冷笑(れいしょう)するイーベルの側を固めに動いた騎士の一人が、キラリと水色に輝く魔印武具(アーティファクト)の短剣(たんけん)を抜(ぬ)いた。

「天誅(てんちゅう)……ッ！」

そしてイーベルの死角から、体ごとぶつかって行こうとする！

既にこの場に、血鉄鎖旅団の協力者がいたのだ。

「!?　いかん、止め……ッ！」

カーリアス国王が声を上げ――

「承知しました」

イングリスはイーベルとの間に割り込み、魔印武具(アーティファクト)の短剣を片手で押(お)さえ込んだ。

「くっ……ッ！　離(はな)せっ！　地上を食い物にする天上人(ハイランダー)は、排除(はいじょ)せねばならんッ！」

「済みませんが、わたしにも守るべきものがありますので」

ミリエラ校長との約束があるのだ。

ここでカーリアス国王と天上領(ハイランド)の使者を守り切れば、食堂の食べ放題の期間を延(の)ばしてくれると——それを失うわけには行かないのである。

「おい君、余計なお世話だ。こんな雑魚(ざこ)で僕がどうにかなると思ったか？」

「それは失礼しました」

「ま、いい。そのまま押さえておけ」

言ってイーベルは、人差し指と中指を揃(そろ)えて立てた。

その指先は、暗い不思議な色の光に包まれている。

そしてすうっと下から上に、暗殺者の体の中心を通るように指を動かすと——

「お……!?　おあぁアアアア……!?」

その体が真っ二つに割(さ)け、血を噴(ふ)き出しながら骸(むくろ)が床(ゆか)に転がった。

「「「おぉおっ……!?」」」

周囲の騎士達から声が上がる。

素手で人間を両断してしまう、上位の天上人(ハイランダー)の力への畏怖(いふ)。

そして暗殺者の凄惨(せいさん)な死に様への戦慄(せんりつ)。

騎士達の声は、どちらに対してのものでもあるだろう。

イングリスは間近にいたため、返り血が頬や髪に降りかかって来た。

「クリス！　大丈夫(だいじょうぶ)!?」

駆(か)け寄(よ)って来て来たラフィニアが、ハンカチで頬を拭(ぬぐ)ってくれた。

「あ、うん。大丈夫(だいじょうぶ)だよ」

そのイングリスの様子を見て、イーベルが冷たい笑みを見せる。

「フン。返り血を浴びせてやったのに、肝(きも)が据(す)わってるじゃないか？　大の男どもは怯(おび)えているって言うのにさ」

「恐れ入ります」

イングリスはぺこりと一礼して受け流す。

そんな事よりも、先程(さきほど)のイーベルの力――あれはなかなか興味深い。

魔素(マナ)の動きらしきものは感じたので、魔術(まじゅつ)の一種なのだろうが――

ただ、詳細(しょうさい)が一見しただけでは掴(つか)めなかった。

普通の魔術や魔印武具(アーティファクト)に流れる魔素(マナ)よりも、より速くより強く、洗練された力の流れをしていたように感じた。

得体が知れないという事は、いい事だ。手応(てごた)えのある強者である事を表すのだから。

イングリスは知らず知らず、つい笑(え)みを浮かべてしまっていた。

「何を笑っている。君は怒ると笑う性格なのかな？」

「いえ。メイドですから、お客様に笑顔で接するのは当然でしょう？」

我ながら上手く誤魔化せたのではないだろうか。

だがイングリスはさておき、ラフィニアは怒っていた。

「今の、わざとやったんですか⁉　悪趣味だわ！」

「そうかい？　人を招いておいて殺そうとする方がよほど悪趣味じゃないのかい？　ねえ王よ、君は僕を領土で釣っておいて討とうとしたのかい？」

イーベルはラフィニアを受け流して、カーリアス国王に視線を向ける。

「め、滅相も無い……！　これは我が国の意思ではございませぬ――――！」

「さ、左様！　近頃地上に於いては血鉄鎖旅団なる賊共が跋扈しておりまして、先程の事もその族共の仕業かと――」

「この者の申す通りにございます……！　族の跋扈を許しておりますのは、王として面目次第も御座いませんが……」

カーリアス国王とレダスは、口々に弁明を続けた。

「ふーん……それを信じてやってもいいけど？　でもそれはそれで問題だよ？　君達は大切な天上領の使者を、自らの無能によって危機に晒したんだ。その罪はどう償うつもりだい？」

「ははっ。このカーリアス、かくなる上は如何なる責めも受ける覚悟で御座います。どうか何卒ご容赦を願います――」

カーリアス国王はイーベルの前に跪き、低頭平身。頭が床に着いてしまいそうな程だ。

「「「へ、陛下……！」」」

国王自らがそこまでする事に、騎士達は何とも言い難い複雑な表情をしている。

「…………」

ラフィニアも黙っているが、悲しそうな目をしていた。

だがそんな中、イーベルは酷薄な笑みを絶やさない。

「ぬるい。そんなもんじゃダメだね、王よ。謝って許されるのなんて、お互いが対等な関係の時だけさ――天上領と地上では、立場が違う。君は家畜の群れの頭程度にしか過ぎない。家畜は家畜なんだよ？　だから――」

すっと、イーベルの指先がカーリアス国王の右の上腕部を撫ぜるように動く。

その指先は、先程と同じ不思議な光に包まれていて――

「……!?　ぐうぅおぉぉ……っ!?」

血を噴き出しながら、その腕がボトリと地面に落ちた。

「腕一本。詫びに貰っておくとするよ？」

実に嬉しそうな、嫌らしい笑みだった。

「へ、陛下あぁぁぁぁっ！」

「き、貴様あぁぁぁぁぁッ！」

「いくら天上領(ハイランド)の使者とはいえ――――！」

「やっていい事と悪い事があるぞッ⁉」

さすがに国王を傷つけられては我慢(がまん)の限界か、騎士達は殺気立ちイーベルを取り囲む。

「おや？　やっぱり君達、僕を騙(だま)し討ちにするつもりだったのかい？」

レダスも怒(いか)り心頭のようで、剣(けん)を抜きイーベルに突きつける。

「黙れッ！　我等が王に仇(あだ)なす者は許しておかんッ！」

「止(よ)せっっっッ！　鎮(しず)まれ皆の者ッ！　鎮まらぬのなら、王の名において死罪に処す！」

カーリアス国王は、広間中に響(ひび)き渡(わた)る大声で騎士達を一喝(いっかつ)する。

「「⁉　は、ははっ……！」」

そうまで言われてしまうと、レダスや騎士達も、冷や水を浴びせられたようにしゅんとしてしまう。

「い、イーベル殿……寛大(かんだい)な処置を有難(ありがと)うございます――」

カーリアス国王は、片腕(かたうで)を失いながらもイーベルに首を垂れるのだった。

「「へ、陛下……」」

その姿を見て、情けなさなのか悔しさなのか、涙する騎士もいた。

「くく……いいだろう、失態は許そう。さあちゃんと僕を護りなよ？」

イーベルは満足そうに頷いた。

ラフィニアがイングリスだけに聞こえるように小声で、囁いてくる。

「ね、ねえクリス……」

「？」

「ホントにこれでいいの……？　これが正しいの？　こんな――」

「人それぞれじゃない？　ラニが正しいと思った事が正しいんだよ」

イングリス個人としては、配下の騎士を悔し泣きさせる位に、王の立場や矜持をかなぐり捨てて見せるカーリアス国王には、ある種の信念のようなものは感じるが。

どれだけ踏み付けられようとも、天上領への絶対的恭順を貫き、国や人々を生き延びさせようという事だろう。

それを見ていると分かる。

地上が力をつけて、天上領との力関係を縮めようという意図を感じるウェイン王子とは、確かに信念が折り合わないだろう。

その対立がどういう結果を生むのか――

それはまあ、それぞれに頑張って頂ければいいだろう。

イングリスには関係のない話だ。この時代の事は、この時代の人々が決めればいい。

「それよりもラニ、急いでやる事があるよ？」

「え……？　何をするの？」

「これ――」

と、イングリスは床に落ちたカーリアス国王の腕にそっと触れる。

「急げばまだくっつくかもしれないから」

ラフィニアの新型魔印武具の治癒の力だ。

「そ、そうね……！　分かった、やるわね！」

ラフィニアはぎゅっと表情を引き締めて、頷いた。

イングリスは平然と、床からカーリアス国王の腕を拾い上げる。

「失礼いたします。陛下、少しじっとしておいて下さい」

言いながら傷の断面をくっつけると、カーリアス国王は顔をしかめる。

「うぐっ……!?　な、何をしようというのだ……!?」

「傷の治癒を試みます。痛むかもしれませんが、我慢してください」

「何……？」

「で、出来るのか!?　イングリス君！」

カーリアス国王に続き、レダスがイングリスに問いかける。

「ええ。ラニが――」

その時ラフィニアは既に奇蹟を発動させ、その手は治癒の光に包まれていた。

「はい！　やります……！」

ラフィニアは傷の接合部分に手を翳す。その顔は少々強張り、緊張気味だ。

余りにも傷が凄惨なためだろう。

イングリスは前世でのさまざまな経験から、斬り落とされた腕を傷口に押し当てるくらい平気だが、ラフィニアにはまだそこまでの経験は無い。

先日シルヴァの治癒をした時も、重傷ではあったが腕が切断されるようなものではなかった。

だがそれでも偉いのは、奇蹟の力に乱れが無いという事だ。

ラフィニアの持つ新型の魔印武具は、二つの奇蹟を持つ分、それぞれに適正な魔素の波長を供給する必要がある。

ラフィニアの場合、何も意識せず魔印武具を使うと発動するのは、慣れ親しんだ光の矢の雨を放つ奇蹟だ。

最近手にした治癒の奇蹟（ギフト）は、意図的に相当集中しないと発動すら難しい。

それが、優（やさ）しくも力強く、ぶれる事無く輝いているのだ。

ラフィニアの芯（しん）の強さを表しているようでもあり、イングリスとしては喜ばしい。

カーリアス国王の傷口が、皮膚（ひふ）から少しずつ再生をはじめる。

「おお……！」

「へ、陛下の傷が……！」

「治って行くぞ――！」

レダスや騎士達が安堵（あんど）の声を上げる。

「し、しかし――」

と、カーリアス国王はイーベルに視線を向けていた。

その言いたい事は分かる。負傷者にあまり話させるのも酷（こく）だ。

イングリスはカーリアス国王の代弁をする事にした。

「イーベル殿。このまま治療（ちりょう）を続けても構いませんか？」

「さあ……？　どうしようかな？　ま、構わないけどね？」

「ありがとうございます」

と、ぺこりと一礼しようとするイングリスを、イーベルは制止した。

「待て。だが、代わりは貰うよ？　別の者の腕一本――王が誰を犠牲にして僕に尻尾を振ってくれるのか……それを見るのも面白そうだ。さあ国王よ、僕のご機嫌取りのために腕を失うのは誰だい？　教えておくれよ？」

「く……！　な、なれば私の治療は必要ありませぬ――！　このまま……！」

「そりゃあ勿体ないよ。メイド達がせっかく頑張ってくれているんじゃないか。それを無駄にしちゃあいけないよ？」

「我等を甘く見ないで頂こう……！　この国と陛下の為なら腕一本――！」

レダスがぐっと前に出ようとするが――イングリスはさっとそれを制した。

「待って下さい。イーベル殿とお話をしているのはわたしです」

王の腕を支えるのをレダスに任せ、イーベルの前に出る。

「では代わりにわたしの腕をどうぞ。斬り落として見せて下さい」

「君が？　動きだけはなかなかのものだが、所詮は無印者だろう？　価値がないね」

「さあ、どうでしょうか？」

イングリスは小首を傾げながら、にっこりと笑みを浮かべる。

同時に霊素を魔素に変換して、身に纏いながら。

天上人のイーベルならば、これで分かってくれるはず――

だがその反応は、イングリスが思っていたものではなかった。

「フン。何を自慢（じまん）げに笑っている？　滑稽なんだよ。確かに君は魔印（ルーン）無しに多少強力な魔素（マナ）を操（あやつ）れるようだが——そんなものは筋の悪い力だよ？」

エリス達は皆驚（みなおどろ）いていたが、イーベルは全く動じないどころか嘲笑（あざわら）って見せるのだ。

自信のある証拠（しょうこ）だろう。

これは俄然（がぜん）、イングリスとしても期待値を上げざるを得ない。

「おお——そうなんですか……！　ではますます、やるならわたしをお願いします！」

キラキラとしたイングリスの表情が、イーベルの癇（かん）に障（さわ）ったらしい。

「何を嬉しそうにしている……！　いいだろう、君の腕を切り落としてやろう。女だから手心を加えて貰えるなんて思うなよ？　僕は君みたいに無闇（むやみ）にあちこち出っ張った女は嫌（きら）いでね……！」

「はい、それは良かったです！」

手加減無しで攻撃（こうげき）してくれそうなのだから。

「く、クリス……！」

ラフィニアが心配そうな声を上げる。

「大丈夫だよラニ。ラニは陛下の治療を続けて」

「う、うん……！」

イングリスがラフィニアの方を向いて微笑んでいる間に、イーベルの指先に光が生み出されていた。

「……ふふっ！　君の腕が落ちた時、どんな叫び声を上げてくれるのか楽しみだよ！」

イングリスはイーベルの指先に渦巻く力の流れに注目する。

「――やはり、ただの魔素の動きとは違いますね……？　しかも、いくつもの波長が混ざり合って、新しい流れを生み出している――？」

かなり複雑な力の制御の結果、あの光が出来上がっているように感じられる。

そしてそれが、魔素を筋の悪い力と言い切ったイーベルの自信の根拠なのだろうか。

「知ったような口を！　さぁ、腕を落とされて泣き叫ぶがいいッ！」

イーベルの指先が、イングリスの二の腕の部分をすっと撫ぜる。

暗殺者の体を両断し、カーリアス国王の腕を切り落とした恐ろしい攻撃だ。

それが――イングリスのメイド衣装の腕の部分を、ほんの少しだけ、ぴっと破った。

「な、何いぃっ……!?」

驚愕に目を見開くイーベル。

「お、おい……!?　今、さっきのをやったよな!?」

「ああ、確かに……！　だがあのメイドの子……！」

「な、何ともないのか――？」

騎士達もざわざわとしている。

「おお――す、凄いです。さすがですね……！」

だがイングリスは目を見開いて驚いていた。

イーベルの攻撃の威力が、予想以上だったためだ。

腕を落とすと予告をし、ゆっくり技を出してくるのだから、防御など簡単にできる。

先程の瞬間、イングリスはイーベルの動きに合わせて意識的に全身の霊素を活性化させ、防御を行った。

力を抑えて霊素殻を発動したに近い。

半分以下の力で抑えて行う事で、派手に光り輝いたりせずに防御力を高められる。

地味だが、このように段階的な力を配分する事が出来るようになってきたのも修練の成果である。以前は常に十割の力を出す事しかできなかった。

ともあれこの状態で、自分の体は勿論、服すら微塵も傷つけられるつもりは無かった。

このメイド衣装は気に入っているので、綺麗な形で持ち帰りたかったのだ。

それを、イングリスの想定を超えて服を傷つけたのである。

さすがは上位階級の天上人（ハイランダー）。確かな実力である。賞賛に値する。

だが、イーベルには気に食わなかったようだ。

「ふ……ふざけるなあぁぁっ！」

今度は指先でなく、手刀全体が光に覆（おお）われている。

それを腕を振って強く、叩きつけて来る。

先程よりも威力は強いはず。ならば――

「はあっ！」

短く息を吐（は）き霊素殻（エーテルシエル）を本格的に発動。

イングリスの体が青白い霊素（エーテル）の光に覆われる。

イングリスの腕を叩いたイーベルの手刀は、今度こそ狙（ねら）い通り服にすら微塵も傷をつけなかった。

「うおおおぉぉぉぉおっ！」

更に、両手の手刀に光が灯（とも）る。

成程（なるほど）二か所同時にも発動できるようだ。能力の制御にも優（すぐ）れている。

イーベルの光る両手の手刀が、イングリスの身体を縦横無尽（じゅうおうむじん）に何度も叩く。

しかし霊素殻（エーテルシエル）に包まれたイングリスは微動（びどう）だにせず全くの無傷。

その様子に、表面上の成り行きだけを見ている騎士達は、拍子抜(ひょうしぬ)けした様子だった。

「な、何だ——実はあの力は大した事が無いのか……？」

「いやだが……人を真っ二つにして陛下の腕も落としたんだぞ？」

「極端(きょくたん)に持久力が無くて、弱体化したとは考えられないか……!?」


ガアアアアアアアッ！


広間に、新手の魔石獣(ませきじゅう)が現れた。四本足の獣の姿だ。

数は十体ほど。結構な集団だ。

「うるさいっ！　黙れ！」

苛(いら)ついた様子のイーベルがそちらに向かって手刀を一閃(いっせん)。

光が空間を割くように走(はし)り抜け、一撃で魔石獣の集団が纏(まと)めて両断された。

それで、騎士達にも目の前の現象が完全に飲み込めた。

「……！」

「ちがう、あれは——！」

「あのメイドの子が凄過ぎるのか……！」

何度もイーベルの攻撃を間近で見、受け、イングリスにも分かって来た事がある。

「……分かりました。あなたはただの魔素(マナ)ではなく、魔素(マナ)に似たもっと上位の力を使っていますね——なるほど、面白い発想です」

神の気である霊素(エーテル)を操る神騎士(ディバインナイト)から見れば、魔素(マナ)というのは無駄(むだ)の多い力だ。

イーベルの場合、操っているのは魔素(マナ)に似た、より無駄が省かれて力の効率が良い力だ。

精製された上位の魔素(マナ)とでも言えばいいだろうか。

力の質として、霊素(エーテル)と魔素(マナ)の間にあるような力である。

魔術を高めるのには、より大量の魔素(マナ)をより強く込めるというのが基本。

しかしイーベルの場合は、魔術の素である魔素(マナ)そのものの質を高めようという発想である。

イングリスの前世では見た事の無い技術だ。

これがどんどん進化をすれば、やがて霊素(エーテル)にも追いつくかも知れない。

あれから、どれ程の時間が経(た)ったのかは分からないが——

人の力も進化するもの。素晴(すば)らしいではないか、興味深い。

「魔素精練(マナ・リファイン)だ！　自らの纏う魔素(マナ)同士を衝突(しょうとつ)させて無駄を削(けず)り取(と)る事で、より力の純度と効率を高める！」

「なるほど、そう言う技術をお持ちなのですね――素晴らしい！」

「……僕には君の力が全く理解できない――！　力があるのは分かるが、その力が何なのか分からない……！　一体何者だ、貴様あぁぁぁっ！」

イーベルは息を切らせながら猛然と攻撃を加えて来るが、まるで効果はない。

「ただのメイドですが？」

「ふざけるな……！　馬鹿にしてえぇぇぇぇぇっ！」

渾身の力を込めたイーベルの攻撃。

それがイングリスの胸元を撃つが、やはり霊素殻に阻まれる。

「ぐうぅぅぅ……やはり、まるで通じない――!?」

「失礼します。お子様とは言え、女性の胸にずっと触れているのはよろしくないかと」

イーベルの手は意図せず、イングリスの胸の膨らみの上で止まっていたのだ。

イングリスは笑顔でイーベルの手首を掴み、捻じり上げた。

「ぐぁっ……!?」

苦悶にイーベルの顔が歪む。

イーベルからしても、イングリスの力は半端ではなく、抵抗が出来なかった。

「ああ、済みません」

イングリスはすぐに手を放す。

あくまで、これはイーベルと戦っているのではない。

腕を切り落とすという罰(ばつ)を受けているのだ。

「さあ続きを。どうぞわたしの腕を切り落として下さい」

「……！」


その淑(しと)やかな笑顔が、逆にイーベルには恐ろしい。

一体何者なのか、見た目こそ可憐な花のような美女だが、尋常(じんじょう)ならざる怪物(かいぶつ)である。

「イングリス、と言ったか……お前のようなメイドがいるか！」

大戦将(アークロード)の力をものともしないような化け物が、こんな地上の城ごときで下女をしているはずがない。

当然何かしらの背景、目的があるはずだ。

イーベルとして思い至るのは、天上領(ハイランド)の三大公派が用意した新手の戦力かも知れないという事だった。

技術というのものは、日進月歩だ。

イーベルすら知らない、天恵武姫(ハイラル・メナス)を上回る存在が作られていた可能性はある。

特に大公派の連中というのは、教義や伝統を重んじる教主連合と違い、技術革新に積極的だ。

言い換えれば、安全安定よりも知的好奇心が勝ってしまう厄介者である。

機甲鳥等の兵装の下賜を簡単に解禁してしまうのは、それを上回る性能を持つ兵装を自分達が生み出してしまえば優位は揺るがないと過信しているせいだ。

イーベルとしても、地上の人間に天上領が脅かされる事など、それこそ天地がひっくり返ってても無いと思っている。

だが主である教主は懸念している。教主の命はイーベルにとって絶対だった。

そして地上の塵芥に自分達が脅かされる事などないが、同じ天上人である大公派に脅かされる事はあり得る。

特に今この国に降りて来ている特使セオドアは、大公派の中でも特に名高い若手技術者でもある。

イングリスの存在が、セオドアの用意した罠である可能性は否定できない。

こちらの企みを逆手に取り、秘匿していた新戦力の性能を試そうというのか。

だとしたら、ここにやって来たのが自分で良かった。

今のうちに、このイングリスの能力を可能な限り暴いておくべきだ。

さもないと、教主連合にとって後々大きな禍根になりかねない。

この見た目だけは異様に美しい女は、それ程の危険性を秘めている。

「言え！　一体何を企んでここにいる――!?」

「実は、食べ歩きの資金が欲しかったものでアルバイトを……普段は騎士アカデミーの従騎士科の生徒をしています」


イングリスは、先程ラフィニアも言っていた説明を繰り返す。

「ふん、まともに答える気は無いという事だな――」

「そんな事はありません。今ご説明した通りです」

「まあ、構わないさ。口では何とでも言える――そんな事より、その力だ！　さあ僕に見せてみろ！」

と、イーベルは攻撃を促すように手招きをする。

「と言われましても――わたしは罰を受けようとしているだけですが？」

攻撃してもいいならば完全な手合わせとなり望む所だが、そういうわけにも行かない。

カーリアス国王はイーベルに攻撃を加えることを決して認めないだろう。

先程は手を出したら処刑とまで言っていたのだ。

それを破れば、流石（さすが）に大問題になる。

「そんな事はもうどうでもいい！　むしろ僕を倒（たお）せたら不問にしてやろう！　だから打（う）って来い！」

「と使者様は仰（おっしゃ）っていますが――？」

イングリスはカーリアス国王を振（ふ）り向（む）き、一応尋（たず）ねてみる。

戦えるものなら戦いたいが――

「止（よ）せ……！　天上人（ハイランダー）のご使者に手を出して、後々禍根を残さぬはずがない……！　ここは穏便（おんびん）に済ませるのだ――！」

カーリアス国王は予想通りの答えを返してくる。

「――という事ですので、残念ですが」

ぺこり、と一礼。

顔は平静を装っているが、本当に残念でならない。

人生とはうまく行かないものだ。悲しくて涙が出そうだ。

「ハン！　君は愚（おろ）かな犬だな、国王よ！　その態度には何の意味も無いんだよ！　いいか、僕がわざわざここにやって来たのは、君達と交渉するためじゃない！　それだけなら、外交役の小間使いを差し向ければいいんだよ！　天恵武姫（ハイラル・メナス）の交換（こうかん）はしない！　教主連合との関係改善も認めない！　教主様はお怒りなんだよ、この国はいずれ地上の地図から消されるだろう……！」

「な……⁉　では何故、あなたはここにいらしたのだ――⁉」

カーリアス国王が目を見開く。かなりの衝撃を受けている様子だ。

無理もない。あれだけ耐えに耐えて、教主連側との交渉をまとめたはずが、そんなつもりは初めからないと暴露されたからだ。

「血鉄鎖旅団とかいう反天上人組織の動きが目に余るという話があってね――領土を売り渡す交渉の噂を聞けば、奴等が妨害しに来ると踏んで罠にかけたのさ！　ノコノコ現れた所を、僕の力で根絶やしにしてやるためにね！　だからわざわざ大戦将たる僕がここにいる！　君たちの国の事など、初めから眼中に無いんだよ！　ハハハハハッ！」

その嘲笑は、騎士達の感情を逆撫でするに十分である。

「な、何だと……⁉」

「我々を騙し、利用したというのか――⁉」

「では陛下は何のためにあの屈辱を……！」

怒る騎士達を、イーベルはさらに挑発する。

「意味などない！　価値などない！　君たち地べたを這いずり回る能無し共にはね！」

「「貴様あぁぁぁっ！」」

その怒号(どごう)の中で、イングリスは嬉しそうに笑っていた。

全く場違(ばちが)いで、全くもって可愛(かわい)らしい、花のほころぶような笑顔である。

「素晴らしいです――という事はあなたは、我が国の国王陛下を騙した挙句に腕まで切り落とした極悪犯(ごくあくはん)という事になりますね？　間違(まちが)いないですよね？　それでいいんですよね？」

それならば許される。戦える。楽しめる――！

何故(なぜ)狙(ねら)いを暴露したのか意図は分からないが、この際どうでもいい。

「ああ、それでいいさ！　全くもって正しい認識(にんしき)だよ！」

「では国王陛下。罪人を叩(たた)き伏(ふ)せろとお命じ下されればその通りに致(いた)しますが、如何(いかが)なさいますか？」

イングリスは微笑(びしょう)を浮かべて、カーリアス国王に問いかける。

その近くではラフィニアも、レダスも、他の騎士達も、強く首を縦に、頷いていた。

「……殺してはならん。ひっ捕(と)らえよ！」

「はい。かしこまりました」

深々とお辞儀(じぎ)をして拝命する。

これでようやく許可を得た、とイングリスが内心で万歳をした次の瞬間――

ゴゥンゴゥン――ゴゥンゴゥンゴゥン――

頭上から響く飛空戦艦の駆動音が耳に入って来た。
元々王城の上空に停泊していたものとは違う、新手の音だった。

ドドドドドドドドドゥウゥウンッ！

連続して空から響き渡る炸裂音――いや、砲撃音。
直後に王城のあちこちが地鳴りのように響き、揺れる。
空に出現した新手の飛空戦艦が、周囲に砲撃を行ったのだ。
割れた大窓の外の空に、その姿が見える。
「あれは血鉄鎖旅団の戦艦……！」
とうとう本命の黒仮面達が現れたのか。
これは忙しくなってきそうだ。

「ふん、狙い通り鼠（ねずみ）が罠にかかったか――」

イーベルも外の様子を一瞥（いちべつ）し、事態を把握（はあく）したようだ。

砲撃をバラ撒（ま）きながら出現した血鉄鎖旅団の戦艦からは、既（すで）に多数の機甲鳥（フライギア）が飛び出し始めている。

それを見る限り、セオドア特使の特使専用船と連携（れんけい）した聖騎士団（きしだん）と遜色（そんしょく）無いような軍備である。

一国の騎士団にも相当する水準だ。単なるゲリラ組織の域を遥（はる）かに超えていると言えるだろう。

しかもかなり素早（すばや）い展開であり、飛空戦艦の運用にあちらの人員が慣れている事が窺（うかが）える。

イーベルが乗って来た飛空戦艦や、周辺警備の近衛騎士団の部隊からも、迎撃（げいげき）のための機甲鳥（フライギア）が飛び立ち、俄（にわ）かに空の光景が慌（あわ）ただしくなって行く。

「あの――まさか、あちらが現れたので手合わせは中止と仰ったりは……？」

「しない！　あれは鼠だが君は何者か分からないからね！　だが後もある事だし手短に済ませよう――全力で来い！」

「ありがとうございます！　ではお望み通り全力で――」

イングリスは再び霊素殻を発動する。

そして少し身を沈め、いつでも踏み込めるように身構えた。

その視線はイーベルを真正面に捉えている。

──真正面から行く。

単純に真っすぐ突進して攻撃。それでいい。

何の工夫も捻りも無いが、ただし全力で。

それをイーベルがどう受けてくれるか──楽しみにしていよう。

「行きますっ！」


ドガアァァンッ！


イングリスが地を蹴った瞬間、足元の床が爆発したように弾け、石畳の石が飛び散った。

イーベルの目には、それがハッキリと見えた。見えてしまった。

──イングリスの姿を見失って、それしか見えなかったのだ。

「……！　消え──!?　いや……っ！」

肌(はだ)が感じる風圧。ちらりと視界に移った影(かげ)。

そして戦士の勘(かん)ともいうべきものが伝えて来る、本能的な危機感。

イーベルが身を仰(の)け反(ぞ)らせた次の瞬間——イングリスの蹴り足が目と鼻の先を通り過ぎていた。

「おぉ——避(さ)けるなんて、凄いです……！」

確かな手応(てごた)えを感じ、イングリスは目を輝かせる。

霊素殻(エーテルシェル)を発動して全力攻撃をすれば、天恵武姫(ハイラル・メナス)のシスティアですら一歩も動けなかったのだ。

その攻撃を、イーベルは回避(かいひ)して見せたのだ。

イングリスもあの時のイングリスではなく、騎士(きし)アカデミーに入って訓練に訓練を重ねて成長している。

それなのに避ける。さすがは上位の天上人(ハイランダー)の戦士だ。

「ぐうっ——!?　馬鹿な……！」

何とか初撃は避けたイーベルだが、殆(ほとん)どただの勘だった。

それがたまたま当たったに過ぎない。

迎撃の手は考えていたのに、それを出す事すら出来なかった。

イングリスの速さに、反応が間に合わなかったのだ。
笑顔が美しかろうと、豪快に振り抜いた足が艶めかしかろうと、関係ない。
やはり脅威だ。底知れない――
「ならば……ッ！」
イーベルは強く地を蹴り、大きく後ろに跳躍する。
そうしながら鋭く意識を集中し、魔術を発動。
指先や手刀に宿していたのと同じ光が、球体状の壁となってイーベルを包んだ。
大きく飛んでしまえば、姿勢の制御はし辛い。
イングリスにとっては、イーベルの動きを捉えて攻撃を加えるのは容易だろう。
だが構わない。それが前提だ。そのために全身を光の壁で覆った。
イーベルの得意とする魔術は、あらゆるものの存在を消し去る『消滅』の魔術だ。
通常の魔素では起こし得ず、魔素精練が可能とした魔術的現象である。
その力を込めてそっと撫でるだけで、人体などはあっさり斬り裂くことができる。
正確には、その部分が消滅するので、切断されたように見えるのだ。
この光の壁は、あらゆる属性の攻撃を消滅させる効果となる。
下手に剣で斬ろうとすれば刀身が消滅をするし、拳で殴ろうものなら拳自体が消えて無くなるはずだ。

相手がイーベルの想定の範囲内であれば――だが。

イングリスはイーベルの常識の範囲外の存在である。

あの身を覆う青白い光が何なのか、それすらもイーベルには分からない。

イーベルの感覚では、全く力を感じられないのだ。

そういう相手には本来であれば、最大限の力をぶつけるべきだ。

はじめは、掌の先に力を集中してイングリスの攻撃を受け、腕や脚を消滅させてやろうと狙った。

が、そもそも攻撃を受けようにも速過ぎて反応が間に合わない。

壁の面積を広げれば一点一点の力は落ちてしまうが、背に腹は替えられない。

全身を壁で覆うのが、次善の策だった。

さあ、来い――！　イーベルはそう心の中で念じる。

「…………」

しかし、イングリスは動かなかった。

隙だらけのイーベルの姿をじっと見つめて、絶好の攻撃の機会を見逃したのだった。

「……どういうつもりだ!?　舐めているのか？　今僕は隙だらけだっただろう！」

「——あなたのその魔術の力……恐らく、触れたものを消し去る『消滅』の効果ですね。もし直接殴りでもしたら、その拳が消し飛ばされてしまうような——」

「…………⁉」

イーベルは戦慄する。

何故、それが分かる——⁉

勿論、イングリスに説明などしていない。

少し見ただけで、イーベルの魔術の肝を見切ったというのか——

ひょっとしてこちらの心や思考を読むとか、そう言った力を持っているのか……⁉

「フン——だから怖気づいて攻撃を躊躇ったか⁉　意外と小心者だな、君も！」

「まさか。そうではありません」

イングリスは静かに首を振る。

「見た所、全身を覆ったために、力が拡散していますね。一点集中すればもっと効果は上がるはずです」

「……だからどうだと言うんだ！」

イングリスの指摘は全く正しい。

少し見られただけで、見抜かれてしまうとは。

イーベルは内心戦慄しながら応じる。

「不完全な力しか出せていない相手を叩く気はありませんので。さあ構えて、一点に力を集中して見せて下さい――わたしはそこに攻撃をします」

「ははははっ！　馬鹿か君は⁉　馬鹿正直にそんな事をしたら、違う所を攻撃するつもりだろう⁉」

「そのつもりがあるなら、先程追撃をしていますよ」

「…………」

「信じて頂けませんか？　先程のお言葉をお返しします――天上人の大戦将ともあろうお方が、意外と小心者ですね？」

「……ふん！　いいだろう――やってやるさ！」

イングリスの性格を見極めておく機会でもある。

こういう事を言って人を欺くような性格なのか、そうでないのか――

それも一つの、重要な情報だろう。

「うおおぉぉぉっ！」

足を踏ん張り、両手を胸の前で重ね合わせて構える。

そのイーベルの掌の前に、手鏡ほどの大きさの壁が現れる。

小さいが激しく光り輝き、濃厚な力の凝縮具合だ。

「いいですね……！　昇華した魔素が一点に集中して、とても力強いです！」

「さあ来い！　君が卑怯者でない事を祈っているよ！」

「もちろん！　行きますっ！」

次の瞬間——再びイングリスが地を蹴る爆音が響く。

その姿が、イーベルの視界から消えた。


「はあぁぁぁぁっ！」

イングリスは再び全速でイーベルに突進。

光の壁に向けて、思い切り体を捻り、蹴りを繰り出した。

確かにイーベルの魔術が生み出した壁は、触れたものを消滅させる恐ろしいもの。

だが霊素を伴った打撃で、魔術の構成そのものを破壊すれば——!?


バヂイイイイイインッ！

イーベルの光壁が、激しく歪み、撓み、そして弾け飛んだ。

「何いぃ……っ⁉」

その顔が驚きに歪む。

イングリスの蹴りの威力はイーベルの腕を弾き、そして——


ドゴオオオォォォォンッ！


イーベルの体にめり込み、弾丸のような勢いで吹き飛ばした。

「ごあああぁぁぁぁぁぁぁぁあーーーーっ⁉」

その体は石壁に激突し、めり込み、大穴を開けて突き破り、遥か彼方へ飛んで行った。

一体どこに墜ちたのだろう。もはや、目で見ても追えないほどの距離である。

「……しまった。捕まえるはずが、どこに行ったか分からなくなっちゃった——」

イーベルに煽られて、やり過ぎてしまっただろうか？

「「…………」」

カーリアス国王やレダスや配下の騎士達は、呆気に取られてただただ絶句していた。

第7章 ◆ 15歳のイングリス　天恵武姫護衛指令　その7

余りの出来事に、広間がシーンと静まり返る中で——

イーベルが弾き飛ばされて開いた壁の大穴から、血鉄鎖旅団の砲撃が飛び込んで来る。


ドガアァンッ！


カーリアス国王の近くに着弾（ちゃくだん）し、床に穴が穿（うが）たれる。

その音で真っ先に我に返ったカーリアス国王が、声を上げた。

「む……！　皆（みな）の者、こうしている場合ではないぞ！　かくなる上は、ここで血鉄鎖旅団なる者達を壊滅（かいめつ）させるのだ！　それを手柄（てがら）に、天上領（ハイランド）との関係改善を図（はか）る道もある！　レダスよ。ここはもうよい、すぐさま反撃（はんげき）の指揮を執（と）れ！」

「ははっ！　では陛下は御避難（ごひなん）を——！　警護の者を除き、残りは撃って出るぞ！」

「「おおおおぉぉっ！」」

騎士達の士気は上がっていた。

イーベルの振る舞いに耐えるよりも、血鉄鎖旅団と戦っている方がいい。そんな顔だ。

「ラフィニア君は陛下の治療を続けてくれ、頼むぞ！」

「はい……！」

じっとカーリアス国王の傷の治療に専念しているラフィニアは、やはりかなり負担がかかっているらしく、かなり汗をかいていた。

だがその甲斐あって、カーリアス国王の腕は、元に戻りつつあった。

「いえ待って下さい。ラニはわたしと行きますので、それはできません」

「……は？」

と、レダスは少々間の抜けた声を出す。

まさか異論を挟まれるとは思っていなかったのだろう。

だがここは戦場。

ラフィニアを自分の目の届かない範囲に置いておくのは心配だ。

自分の目の届く範囲にいてくれるのが一番安全である。

カーリアス国王の傷の治療。ラフィニアの安全。

どちらが大事かと問われれば、迷うことなく後者だ。

イングリス・ユークスとしての人生は、それが出来るように生きている。

「いやしかし、陛下のお怪我(けが)がだな――」

「ええ。ですからそれは、即(そく)終わらせますので」

何も放っておこうというわけではない。

イングリスはラフィニアの肩(かた)を抱(だ)くように、そっと手を触れる。

ラフィニアの波長に合わせた魔素(マナ)を、ラフィニアに送る。

シルヴァの怪我の治療をした時にも使った方法だ。

「お疲(つか)れ様(さま)、ラニ。手伝うね」

「うん、クリス……！」

ラフィニアの魔印武具(アーティファクト)が放つ治癒(ちゆ)の光が、より一層強く眩(まぶ)しく輝き始める。

それに比例して、接合してはいるが血の通わない色をしていたカーリアス国王の腕が、みるみる健康的な血色を取り戻していく。

ピクリ。と、その指先が動いた。

「おお……！　動くぞ――」

手を握(にぎ)る。開く。腕を曲げる。伸(の)ばす。何度か繰り返し、もう大丈夫(だいじょうぶ)そうだ。

「へ、陛下の腕が……！」

「良かった！　治られたぞ！」

「ありがとう、君達！　本当にありがとう！」

レダスや騎士達から歓声が上がる。

「済まぬな、二人とも――大儀であった。この通りだ」

カーリアス国王にも頭を下げられた。

「い、いえ……！　そんな――」

「当然のことをしたまでです」

波風立てずにラフィニアを連れて行くには、必要な事だった。

「ではわたし達も血鉄鎖旅団の迎撃に回りますので、失礼いたします」

ぺこり、と丁寧に一礼をする。

「達……？　クリス、あたし疲れたからちょっと休んでたいんだけど……？」

「ダメ。わたしの側から離れたら危ないから。さぁ行くよ、休むならわたしの近くで休んで」

「クリスの近くって、絶対一番の激戦区でしょそれ……!?」

「いいの、大丈夫だから！　さぁはやくはやくはやく……！」

あの空に浮かぶ戦艦では、血鉄鎖旅団の黒仮面がイングリスを待っているのだ。

イングリスはぐいぐいと、ラフィニアの腕を引っ張った。

久しぶりに黒仮面と戦える。自分の成長を測る絶好の機会である。

「分かった、分かったわよもう……！　じゃあ失礼します、行ってきます！」

「よし、出発！」

「きゃあああぁぁっ!?　クリス、あんまり引っ張らないで！」

イングリスはラフィニアの手を引いて、一目散に壁の大穴から外に飛び出した。

空には多くの機甲鳥（フライギア）が羽虫のように入り乱れ、混戦模様だった。

「あそこ！　行こう！」

イングリスが指差した先では、血鉄鎖旅団の戦艦が天上領（ハイランド）の戦艦に近づこうとしていた。

「機甲鳥（フライギア）がいるわね――！　どこかに空いてるのを探して……！」

「ううん――そんな暇（ひま）無い！　行くよラニ！」

イングリスはラフィニアの手を強く引きながら、高く飛び上がる。

目標は、一番近い低空にいた近衛騎士団の機甲鳥（フライギア）だ。

だんっ！

その船体の外枠(そとわく)の縁(へり)に、狙(ねら)い通り着地をする。

「うぉっ⁉　な、何だ……⁉」

「お邪魔(じゃま)いたします。すぐにどきますので」

「ごめんなさあぁぁいっ！」

即座(そくざ)に、さらに上の位置にいる機甲鳥(フライギア)に向けて跳躍。


だんっ！


「おおおぉぉっ⁉　ど、どこから――⁉」

「下から跳(と)び上(あ)がりました。失礼します」

「こんにちはさようならっ！」


だんっ！　だんっ！　だんっ！　だんっ！　だんっ！


次から次へと機甲鳥(フライギア)を足場に跳び上がる。

「な、何だあれは……⁉」

「め、メイドだ！　メイドが空を飛んでる！」

「は、速い……!?　何だあの動きは!?」

その様相に、戦闘中の騎士達も驚きの声を上げる。

その声を背に、イングリスとラフィニアは天上領の戦艦の船体の上へと到達していた。

「うん。これもいい運動になるね」

「ぜーっ。ぜーっ……！　やっぱり全然休めないし――」

「ほら、ラニ。血鉄鎖旅団の戦艦がすぐそこだよ」

「やっぱり最前線……！」

「うん。楽しいね？」

「クリスはね、クリスは！」

ラフィニアは思い切り抗議の声を上げた。

「せっかくだから、楽しもうよ？」

ちょうど天上領の戦艦からも反撃の砲撃が始まり、戦場はますます騒がしくなりつつある。

この喧噪、この臨場感――これが戦場。血が滾るというものだ。

「楽しみはしないわよ。けど……！」

ラフィニアは王城の周辺に広がる市街を指差す。

そこに、血鉄鎖旅団側と天上領(ハイランド)側の両者の戦艦から放たれる、流(なが)れ弾(だま)が着弾していた。

戦艦の砲撃を受ければ、民家などひとたまりもなく破壊されてしまうだろう。

「何とかしなきゃ！　早く止めないと、関係ない人がどんどん巻き込まれる！　やるわよクリス！」

ラフィニアは、きゅっと眼差(まなざ)しを引(ひ)き締(し)める。

正義感の強いラフィニアらしい。

力の弱い一般(いっぱん)市民が巻き込まれるのを、見過ごせないようだ。

「お。やる気出たね、ラニ」

「あんなの見たらね！　あたしが砲撃を妨害してみるわ！」

「どうするの？」

「こうよ！」

ラフィニアは白い弓の魔印武具(アーティファクト)を強く引き絞(しぼ)る。

その手元に光の矢が顕現(けんげん)し、どんどん大きく太く収束して行く。

「行けえぇぇっ！」

最大まで光を大きくした所で、ラフィニアは矢を空に向けて放つ。

「弾けろっ！　そして船の周りを回って！」

大きな光の矢が、無数の小さな光の矢に分裂して行く。

それぞれの矢は尾を引くような軌跡を残し、二隻の戦艦に着弾するのではなく、砲台のすぐ近くを周回し始めた。

「なるほど——目眩ましだね」

煙幕を大量の光の矢で代用するという事だ。

着弾させなければ、長い間光を維持して妨害を継続できる。

「そう。これならちゃんと砲撃できなくなるでしょ？」

「でも、着弾させずに回るだけなんてできたんだ。凄いね？」

実際に周囲を飛び交う光に戸惑い、戦艦の砲撃の勢いが低下しつつある。

「ふふっ。あたしだって成長してるのよ！　さあ、あたしはどんどんこれを撃って砲撃を止めるから、クリスは血鉄鎖旅団の船を止めて！」

「うん。分かった！」

イングリスはそこから更に前に出て、船体の一番先の船首部分に立つ。

そして、掌を血鉄鎖旅団の船に向けて突き出した。

そこに、青白い霊素の光が渦を巻いて凝縮して行く。

どんどん膨(ふく)らむ光は、あっという間に巨大(きょだい)な光弾(こうだん)と化す。

「霊素弾(エーテルストライク)！」

スゴゴゴオオオォォォォォーーーーッ！

それは血鉄鎖旅団の戦艦の船首に着弾、そのまま船体を貫(つらぬ)いて船尾(せんび)に突き抜ける。

――はずだった。

実際は船首を破壊しながら船体に突入(とつにゅう)後すぐ、別の大きな青白い光と衝突(しょうとつ)した。

バシュウウウウゥゥゥゥッ！

「――っ⁉」

せめぎ合った結果、血鉄鎖旅団の船を貫通(かんつう)する軌道(きどう)を上に逸(そ)れ、外装を削(けず)り取(と)りながら空の奥(おく)へ消えていく。

「……あれを逸らすなんて――」

それが出来そうな心当たりは、一人。

イングリスは破壊されて露になった船内部分に注目した。

艦橋であったであろうそこに、黒い鉄仮面に、全身黒ずくめの衣装、外套の男がいた。

「やはり……！」

首領の黒仮面の男！　近くにシスティアやレオンの姿はないようだが――

部下と思しき男達は何人もおり、それがこちらを指差している。

「あの娘がこれをやったのか――!?」

「し、城のメイドかあれは……!?」

「何でメイドにあんな力が……!?　い、一体何がどうなっている――!?」

せっかくなので、気分を出して応じる事にしてみよう。

「いらっしゃいませ。わたしがおもてなしをさせて頂きますね？　今のはほんの挨拶代わりです」

イングリスは微笑を浮かべ、ぺこりと彼等に一礼をする。

「お、おもてなし……!?」

「あれが挨拶代わりだと……!?　どんなメイドだ……!?」

「とんでもない――！　下手すれば船が落ちていたぞ、今のは……！」

狼狽える部下達を、黒仮面が抑える。

「皆、気を付けろ。薔薇は美しければ美しい程、その棘は鋭く毒をも持つものだ。見ろ、彼女は美しいだろう？」

「え、ええ……」

「そうですね――」

「正直言って、可愛いです……」

「つまり、そういう事だ。下手をすれば全員喰い殺されるぞ」

「「…………」」

「彼女を止めるには、私でなくてはならぬ。お前達は作戦を続けろ、彼女は私が抑える」

「「ははっ！」」

部下達の返事を聞くと、黒仮面は床を蹴って大きく飛ぶ。

そして、天上領の戦艦の上にいるイングリスの近くへと着地した。

「やれやれ。君に邪魔されぬように、あえて情報を流したつもりだったのだがな？　君達の天恵武姫を救う作戦はいいのか？」

「……あちらは校長先生達が、頑張っておられますので」

「残念だったわね！　ゲリラ組織の思う通りになんてさせないのよ！」

と、やや後方の、黒仮面を挟む位置にいるラフィニアが声を上げる。

「何もせずに襲撃(しゅうげき)を見過ごすのも、内通しているように思われますから。わたしとラニが国王陛下と天上領(ハイランド)の使者を守るために来ました」

「ふむ。騎士アカデミーは王子派ゆえに、見過ごして貰(もら)えると思ったのだが、な」

実際ミリエラ校長の頭には、それもあり得ないという様子では無かったが——

だがそれは派閥(はばつ)がどうこうではなく、二面作戦によってどちらの局面も失敗するという事を一番心配していたように思う。

「戦力を分散したがゆえに、どちらの作戦も失敗する危険があるのではないか？」

「わたしは、そうは思いません」

イングリスは静かに首を振(ふ)る。

「あちらが終わる前に、こちらを片付けて向かえば——どちらの戦いにも参加できて二度嬉(うれ)しいです」

「……やれやれ、豪気(ごうき)な事だな。豪気ついでに、天上領(ハイランド)の使者の居所を教えてくれると助かるのだが？　君が必ず勝つのなら、教えても構うまい？」

「……すみません、分かりません」

嘘(うそ)はない。見えないくらい遠くに蹴り飛ばしてしまったのだから。

「そうか、それは残念だ」

「そんなの聞いても無駄よ！　あいつには、こっちの国と取引するつもりなんて――――！」

「!?　だめ、ラニ！」

イングリスは霊素殻を発動して全速力でラフィニアの背後に回り込み、その口を手で塞いだ。

「むぐっ……!?」

ラフィニアの言いたい事は分かる。

イーベルにこちらと取引するつもりはなかったのだから、そもそも襲撃して天上領との領土を献上する取引を止めようとしても無駄だと言いたいのだ。

黒仮面の見込み違い。作戦の空振りだと指摘する事は出来る。出来るが――

「ダメだよ、それは言っちゃダメ――――！」

そんな事をしたら、あちらが作戦継続の意思を失って帰ってしまう危険性があるではないか。それは、いけない事だ。まだ戦ってもいないのに。

「速いな。以前よりさらに腕を上げたようだ」

「そうかも知れませんが、確かめる術がありませんでした。あなたならば丁度いいです」

「――人を実験台にするつもりか」

「すみませんが、よろしくお願いしますね」

イングリスは黒仮面ににっこりと笑みを向ける。

「――仕方あるまいな」

黒仮面の体も、霊素の青白い輝きに包まれた。

それは、イングリスが黒仮面と交戦を開始する暫く前。

血鉄鎖旅団の手により、王宮に魔石獣が現れ始めた頃――

「お、おい！　王城の方が騒がしいぞ！　火の手が上がっている！」

「な、何だと……!?　ほ、本当だ！」

騎士アカデミーに出向中の近衛騎士団の騎士達は、王城の異変に気が付いて騒ぎ始める。

一緒に作業をしていたシルヴァは、彼等を促す。

今夜のうちにはリップルを王城の近衛騎士団の下へ移送する手筈で、その準備を手伝っていたのだ。

「何事かは分かりませんが、あれは只事ではありません……！　ここはいいですから、すぐに戻って確認した方がいいのでは？　作業は僕が進めておきます！」

シルヴァは、彼等の上司である騎士団長レダスの弟である。

その言葉は無下には出来ないし、そもそも彼の言う通りでもある。

「そうですね。分かりました、シルヴァさん！」

「ええ……！　安全も確認できぬのに、リップル殿をお連れするわけには――」

「では失礼します！　後をお願い致します！」

騎士達は機甲鳥に乗り込み、王城へと飛び立って行った。

遠ざかる彼等の後姿を見ると、シルヴァとしては罪悪感を感じる。

何事が起きているかは分かっているのに、言わずに彼等を騙してしまった。

今日まで引継ぎ作業を伸ばし伸ばしにして、リップルを王城に連れて行かせなかったのもそうだ。

申し訳ない。申し訳ないが――リップルを救うためだ。仕方がない。

「よし……！　急がないと――！」

すぐにミリエラ校長やリップルや、護衛役の生徒達と合流をする。

彼等は既に、校舎内の大教室に集合していた。

最初にミリエラ校長が各回生の選抜生徒を集めて、リップルの護衛作戦を説明した部屋だ。

王城の警護に回ったイングリスとラフィニアを除いて、全ての戦力がそこに集まっていた。

レオーネもリーゼロッテもその中におり、緊張した面持ちで席についていた。

その近くではユアが頬杖をついて、今にも眠ってしまいそうに、ウトウトと船をこいでいる。

「お待たせしました！　校長先生、リップル様！　早速始めましょう、時間が無い！」

シルヴァがそう呼びかけると、ミリエラ校長は真剣な顔つきで頷く。

「ええシルヴァさん。皆さん、この作戦は何が起こるか分かりません――ですから改めて言っておきますが、作戦への参加は自由です。どうか無理はしないで下さいね」

と、ミリエラ校長が呼びかけるが、誰も席を立つ者はいない――と思いきや一人いた。

「あ。じゃあ私帰って寝ます」

と、寝ぼけ眼でユアは言って、出て行こうとする。

「わーっ!?　待って！　待って下さいユアさん！　あなたはいてくれないと困ります！」

「え？　校長先生、参加は自由って言ってましたけど？」

「言いましたけど心の中では言ってないというか、お約束ってやつですよ、お約束！」

「おやくそく？」

「参加は自由だからって言っておいて、誰も帰らずに、みんなありがとう感動！　みたいな！　何か燃えるじゃないですかあ、そういうの！　ね？　ね？」

「わかりません……？」

全く無表情に小首を傾げる。その心の内は、全く誰にも分からないだろう。

「校長先生はああ言ったが、君に関しては、参加は自由ではないという事さ。君の力が必要なんだ。力を貸してくれ」

と、シルヴァは正面からユアに頭を下げる。

他ならぬリップルのためだ。頭を下げて協力を求めるなど、何でもない。

だがそんなシルヴァの様子に、ユアはびっくりしたようだった。

「メガネさん――熱、ある？」

「ない！　僕は正気だ！」

「あ、ほんとだ。すぐキレる」

「相手によるんだよ、相手に！」

「ま、まあまあ、落ち着いて落ち着いて」

と、仲裁に入ってくれたのは、ミリエラ校長ではなくリップルだった。

「ユアちゃん、ボクからもお願い。作戦に力を貸して欲しいんだ」

そう言って、シルヴァと並んで頭を下げてくれた。

「リップル様――？」

リップルの態度がいつもと違う、とシルヴァは思う。

何もない時こそ明るい顔を見せてはくれるが、リップル自身の護衛や魔石獣対策の話題になると、彼女は口出しせず静かに俯いて聞いている事が多いのだ。

「リップルさん……どうかしましたかあ？」

ミリエラ校長がそう尋ねる。

彼女も、リップルの態度がいつもと少し違う事に気付いたようだった。

「うん……つい最近まで、ボクに関する事は、全部受け入れるしかないって思ってた。みんなを守れない天恵武姫なんて天恵武姫じゃないから。でも――みんなが一生懸命、必死になってボクの事を助けようとしてくれるでしょ？　まあ、一部楽しんじゃってる例外の子もいるけど……」

「ははは、いますねえ――誰とはは言いませんが」

ミリエラ校長は苦笑いをする。

「あの子、きっと今くしゃみしてるわね」

「ええ。間違いありませんわ」

レオーネとリーゼロッテは頷き合う。

あえて名前を言う必要はない。言うまでも無いから。

「でもそういうのも込みで、みんなの事を見てるとね──ボクの生まれ故郷はもうとっくに滅んで無くなっちゃったけど、今はこの国がそうなんだって──すごく実感できたんだよ。自分の気持ちが分かったの」

リップルは爽やかな微笑みを浮かべる。

「だから──こんな事を天恵武姫が思っていいのか分からないけど、迷惑をかけちゃうけど……それでもまだ、この国のみんなと一緒にいたい。だから助けて欲しいって、お願いするのは当たり前だよね？」

「リップル様──」

何故かシルヴァはこんな時に満足感のようなものを感じていた。

はじめてリップルに、全面的に頼りにしてもらったような気がしたからだ。

自分一人に言ったわけではない。皆に対してなのだが──それでも嬉しかった。

「だからね、ユアちゃん──」

「ユアさん、リップルさんのためにも──」

「ユア君。リップル様がここまで仰ってるんだ──」

皆がユアに視線を戻すと——

「すぴー」

ユアは気持ちよさそうに寝息(ねいき)を立てていた。

「こらあぁぁぁっ！」

見かねたシルヴァは赤い長銃(ちょうじゅう)の魔印武具(アーティファクト)で、ユアの頭をゴツンとやろうとするが——

ばしっ！

見事に反応して、受け止められる。

「——暴力反対」

「それは本人の態度によるだろう！　君の態度がそれに値(あたい)すると言うだけだ！」

「……こわい。助けてケモ耳様」

ユアはリップルの後ろに回り込んで隠(かく)れた。

「ま、まあまあ……ユアちゃん、これから魔石獣を倒(たお)すのを手伝ってくれる？」

「それは、いつもやってます」

「今度は数も多いし敵も強いと思うんだ。お願いしてもいい？　上手(うま)く行ったら何かご馳(ち)走(そう)するから、ね？」

「食べ物より、誰か紹介(しょうかい)してくれたりする方がいいです」

「え？　うーん……どんな人がいいの？」

「メガネさんみたいにかっこよくて——」

「……な、何を言っている——!?　今更(いまさら)ご機嫌(きげん)取りなど……」

シルヴァは思わず、少々狼狽えてしまう。

「メガネさんみたいに短気じゃなくて」

「…………」

気のせいだ。ユアにご機嫌取りなどといった概念(がいねん)は存在しないのだ。

「メガネさんみたいに弱くない人」

「貴様あぁぁぁぁっ！　馬鹿(ばか)にしているのか！」

やはりユアとは合わない。波長が全く違い過ぎる。

「あーあーあーあー！　もう滅茶苦茶(めちゃくちゃ)になっちゃう前に作戦開始しちゃいますっ！　レオーネさん、空間の隔離(かくり)をお願いします！　やっちゃって下さい！」

ミリエラ校長が声を上げ、レオーネに指示をする。

「は、はい！　分かりました。じゃあ、やります！」

急な流れに戸惑いはするが、レオーネは即座に集中をする。

黒い大剣(たいけん)の魔印武具(アーティファクト)の新たな奇蹟(ギフト)で、何も無い真っ黒な異空間に全員を隔離した。

「うん。前より大分スムーズです！　あっという間に上達しましたね、レオーネさん。素晴らしいです！」

「ありがとうございます」

ミリエラ校長に褒められて、レオーネとしては少し鼻が高い。

確かに大分この奇蹟にも慣れて、展開の速さ、空間の強度や広さ共に安定をして来た。

「――始めましょう、皆さん！　リップルさんを助けるために――どうか力を貸して下さい！　それがきっと、この国と人々のためになります！」

「「「はいっ！」」」

生徒達が声を揃える。

「僕と校長先生はリップル様に力を吸って頂き魔石獣を呼び出す！　皆、魔石獣の討伐を頼むぞ……！　さぁリップル様、どうぞ……！」

シルヴァは力を込めた銃の魔印武具の銃身を、リップルへと差し出す。同時にミリエラ校長も、魔印武具の杖を差し出す。

「リップルさん。後は任せて下さい！　ウチの生徒達は優秀ですから、大丈夫ですよ！」

「うん……みんな、ありがとう。よろしくね――！」

リップルは強く頷いて、差し出された魔印武具に手を触れる。

すると、双方（そうほう）の魔印武具（アーティファクト）を包む輝きが音を立てて消失する。

それは、リップルが二人の魔素（マナ）を吸い取った証（あかし）だ。


ヴヴヴゥゥンッ！


そしてリップルの体を黒い球体が覆（おお）う。

魔石獣が現れる前触（まえぶ）れである。

気を失うリップルをしっかりと支えて横たえつつ、シルヴァは他の生徒達に指示を出す。

「みんな！　リップル様を中心に円陣（えんじん）の態勢になるんだ！　敵はどれだけの数になるか分からない！　互（たが）いに補いながら戦おう！」

「レオーネさん他の、空間隔離用魔印武具（アーティファクト）を担当される方は、円の内側に！　一歩下がって、皆さんのフォローをお願いします！」

「「はいっ！」」

選抜された生徒達の反応は早く、一斉（いっせい）に動き出す。

そんな中、円陣の周囲にいくつもの渦のような空間の歪（ゆが）みが発生。

そこから、獣人種の魔石獣が姿を現してくる。

ラーアルやセイリーンが虹の粉薬によって変化した魔石獣に匹敵する強さを持つ、強化型の魔石獣だ。

まともに攻撃を受ければ、シルヴァでさえも重傷を負わされるような、全く気の抜けない相手である。

それが五体。散開して円陣を取り囲むような配置に召喚されていた。

「あれが五体も……!?　いきなり大勢ですのね――！」

「でも、やるしかないわ！　ここで私達がやってみせれば、アールメンとシアロトを守る事に繋がるんだから……！」

「ええ、やりましょう！」

強く頷き合うレオーネとリーゼロッテ。

「えーと……あ、敵。でもええとみんなで集まって――？」

皆が緊迫感に包まれる中、ユアだけは動きに取り残されてふらふらしていた。

「ユア！　お前は周りの事なんか気にせず、目の前の敵をどんどん倒せ！」

そう声をかけたのは、二回生のリーダー役のモーリスだった。

ユアは実力は飛びぬけているが、間違ってもまとめ役向きの性格ではない。

そういった役は別に必要で、彼がそれだ。

心の広いタイプらしく、ユアとの関係も悪くない。

「モヤシくん――」

「モーリス！　いいからやっちまえ！」

「じゃ、怒られたらモヤシくんのせいだから」

ぽつりとつぶやいて、手近な魔石獣へと軽く走って接近。

ユアの場合、軽そうな動きが全く軽くないのが特徴である。

実際はレオーネ達の目から見ると、異様に速く鋭い踏み込みである。

「てい」

ぺしりと撫でるような掌打。

ボゴオオォォォッ！

しかし魔石獣は体を変な方向に折り曲げつつ吹っ飛ぶ。

「「おおおぉぉぉっ!?」」

思わず声を上げてしまう生徒達。

魔石獣達すらも、一瞬固まったように見える。

あまりの事に、驚いているのだろうか？

「あいつはあれでいいですよね、校長先生、シルヴァ先輩！」

「ああ。構わないさ！」

モーリスの問いかけにシルヴァは頷く。

ユアは協調性のあるタイプではない。

下手に連携を取らせるより、自由に遊撃の方がいいだろう。

一体を強烈に弾き飛ばしたユアは、また別の敵へと向かっていく。

だが敵は五体。それも広く散開している。

グオオオオォォォォッ！

ユアの真逆に位置する一体が、大きな雄叫びを上げる。

その周囲にいくつもの光点が収束を始める。

広範囲に熱線を撒き散らす攻撃！

集合して陣形を組んでいると、離れた位置からの範囲攻撃には対処し辛い。

「させませんわっ！」

だが奇蹟の白い翼を出現させたリーゼロッテが、全速力で宙を駆け、間一髪魔石獣の懐へと滑り込む。

勢いを乗せた斧槍の突きは、魔石獣の首筋を深く貫き、同時に収束していた熱線が霧散した。

「わたくしも前に出て、敵をかく乱いたします！　構いませんわよね⁉」

敵に深く突き刺さった斧槍を引き抜きつつ、リーゼロッテは言う。

「無理はしないで下さいね！　敵の攻撃を分散させるだけでいいですから！」

ミリエラ校長は頷いて許可を出す。

彼女の奇蹟による縦横無尽の機動力は、下手に隊列に組み込むよりも、動き回って敵を攪乱させてこそ活きる。

ユアだけでは囮役が充分では無いし、リーゼロッテにも出て貰った方がいい。

リーゼロッテは魔石獣の体を蹴って飛び立つと、更に奥で熱線を放とうと力を溜める一体の下に突撃する。

「こちらも！　させませんからっ！」

斧槍の斧頭を、突進の勢いを乗せて魔石獣の胸に叩きつける。

こちらも攻撃により、収束しつつあった力が霧散をした。

攻撃直後、すぐに白い翼に力を込めて、距離(きょり)を取る。

一撃離脱(いちげきりだつ)で、敵の大技(おおわざ)を妨害(ぼうがい)しながら飛び回り続けるつもりだ。

更にもう一体に攻撃を加えると――

魔石獣は身体をグッと締めて、突き刺さった穂先(ほさき)を抜かせないように試みて来る。

「くっ……！　小賢(こざか)しいですわね――！」

そうしてリーゼロッテを足止めをしているうちに、別な一体が彼女の背後から迫(せま)る。

知性を感じさせない魔石獣だが、戦いでは意外と連携を取って来る。

一時的に、斧槍(ハルバード)を手放して回避(かいひ)するか、身を捻(ひね)って蹴りで対抗(たいこう)するか――逡巡(しゅんじゅん)するリーゼロッテの視界の端(はし)から、グンと黒い鉄の刃(は)が伸(の)びて来る。

「させないっ！」

レオーネの魔印武具(アーティファクト)だ。

強く突きを放ちながら奇蹟(ギフト)の力で刃を伸ばす、剣速と奇蹟(ギフト)で刀身が変化する速度を両方乗せた攻撃だ。

聖騎士(せいきし)であるレオンにすら通用した攻撃だ。

それはリーゼロッテの背後に迫る魔石獣を、更に背後から刺し貫いていた。

串刺(くしざ)しにされた魔石獣の足は当然止まる。

その間に、リーゼロッテは魔印武具(アーティファクト)を引き離(はな)して離脱(りだつ)に成功していた。

「ありがとうございます、レオーネ！　二つの奇蹟(ギフト)を同時に扱(あつか)えていますわね！」

「ええ――練習したから！」

レオーネはリーゼロッテに笑みを返す。

「すごい……いいですよ、レオーネさん！」

それを見ながら、ミリエラ校長は驚きを隠せなかった。

今のレオーネは、隔離用の異空間を奇蹟(ギフト)で生み出しつつ、もう一つの奇蹟(ギフト)を操(あやつ)って見せたのだ。

いずれそうなる事は期待していたが、こんなにも早く身につけているとは――

素晴らしい事だ。空間の維持に専念して貰わざるを得ないと思っていたレオーネが、こうして動けるのは大きい。

「さあ、この調子でバリバリ魔石獣を倒していきますよっ！」

黒い球体に包まれたリップルは、ミリエラとシルヴァの魔素(マナ)をまだまだ吸い上げている。

敵はまだまだ呼び出されるはずだ――

王宮上に浮かぶ、飛空戦艦の屋根の上で――

ドゴオオォォォッ！　バキイイイインッ！　ドガガガガァァァッ！


耳を劈くような衝撃音が、ラフィニアの前後左右の全方位から響いてくる。

イングリスと黒仮面が、格闘戦を繰り広げているのだ。

余りにその動きが速過ぎて、ラフィニアには青白い光に包まれた二人の姿が、時々チカチカと視認できる程度だ。

認識できないという事は、流れ弾のように攻撃が飛んで来たとしても、全く身の守りようが無いという事になる。

普通ならば、恐れをなしてその場を離れたくなるようなもの。

だが、ラフィニアは全く怯まずその場に居残り、魔印武具から放つ光の矢の雨で、二隻の戦艦の砲撃を妨害し続けていた。

これは必要な事だ。手を止めれば市街地への被害が拡大する。引くわけには行かない。

それに、イングリスの事を信じている。必ずラフィニアの事は守ってくれるはずだ。

時々ちらちらと視界に映るイングリスの姿は、どれも場違いに嬉しそうだ。

戦いを心から楽しんでいるのだ。

ニヤニヤと締まりが無く、危ない笑みを浮かべ続けている。

だがそれは、イングリスにとっては普段通りの姿である。

そしてイングリスが普段通りなら、ラフィニアの事は守り切ってくれる。

これまでの人生経験上、ラフィニアはそう信じている。

フッとイングリスの姿が、ラフィニアの視界に現れる。

裏拳を放ち、その余りの威力で、防御しようとした黒仮面の腕が弾かれていた。


バキィイイイッ！


映像に一拍遅れて、音が聞こえた。

次の瞬間、またイングリスの姿は視界から消滅。

「そこです——ッ！」


ドゴオオォォォッ！

「ぬうううぅぅぅっっ⁉」

音だけが聞こえ、その一瞬後――

腰を落として、肩と背中で当て身を放った直後の姿勢のイングリスの姿が現れる。

黒仮面は二隻の船の間を、弾丸のように吹き飛んでいた。

「まだまだ――！」

追撃しようと、ぐっと地を蹴ろうとするイングリス。

しかし急に身を包んでいた青白い光を消し、ラフィニアの方を振り向いた。

ぴっと立てた人差し指には、青白い光が収束している。

「！　クリス……っ⁉」

「動かないで！」

ビシュビシュッ！

連続して放たれた二筋の光は、ラフィニアの両脇を通り過ぎていく。

「いたぞ……！　あいつがあの邪魔な――ぐおおぉっ⁉」

「排除しろッ！　このままでは応戦がぎゃああっ⁉！」

天上領側の戦艦から現れた兵達だった。

煙幕代わりの光をばら撒き続けるラフィニアが邪魔だと、排除しに来たのだ。

「——気をつけて下さい。ラニを傷つけようとするなら容赦はしませんので」

「いや聞いてないって言うか聞こえないわよ——」

寸分違わず、眉間を打ち貫かれてしまっているのだから。

彼等は物言わぬ骸となって、乗って来た機甲鳥から滑り落ち、戦艦の船体も滑り落ちて地面へ落下して行く。

後には主を失って滞空をする機甲鳥だけが残る事になった。

「ラニ。せっかくだからその機甲鳥に乗ってるといいよ？　その方が安全だから」

「そ、そうね——そうするわ」

確かにイングリスの言う通りではある。

今持ち主が亡くなったばかりのものを使うのは、少々気持ちが悪いが——

「じゃあクリスも……！」

「ううん。こっちはまだだから——」

イングリスは再びラフィニアに背を向ける。

当て身で吹き飛ばした黒仮面が、空中で姿勢を制御すると自らの船の外壁を蹴り、反動でイングリスに向けて突進してきていたのだ。

「済まぬな。まだ終わりではない！」

黒仮面は肩肘を張って、そのまま体当たりをしてくる構えだ。

「こちらは大歓迎です！」

これ程の手応えのある相手は、滅多にいない。

出来ればずっと、戦いに付き合って貰いたいものだ。

イングリスは、再び霊素殻に身を包む。

そして突っ込んでくる黒仮面を蹴り飛ばそうと、足を振り上げる構え。

が、途中で察知をする。

肩を前に出しているため、体の影に隠れた手。

そこに彼の体を包む霊素とはまた別の、ぎゅっと収束するような霊素の流れがあるのだ。

動きの影に、もう一つの霊素の戦技を仕込んでいる――!?

「はあっ！」

イングリスは咄嗟に、蹴りの軸足に力を込めて後方に宙返りをしながら跳び上がる。

ブウゥウンッ！

ラフィニアの目にも留まらない程の一瞬の後に、イングリスがいた位置を、輝度の高い青白い光の剣が薙ぎ払った。

「霊素の剣――!?」

黒仮面は肩からの突進に見せかけて、視覚に隠した霊素の剣で斬り伏せるつもりだったのだ。

直前で察知して回避したものの、面白い技を使う――！

霊素を凝縮させて、物体に近い形で固定化するとは。

イングリスも氷の剣を生み出す魔術は使えるが、これは難易度が段違いだ。

霊素の制御の難しさは、魔素の比ではないのだから。

しかも黒仮面は、霊素殻に近い戦技を使いながら、この霊素の剣を生み出した。

同時に二つの霊素の大技――

黒仮面は以前、イングリスは霊素の力に優れ自分は技に優れていると言ったが、まさにその通り。この併用はまだ、イングリスには出来そうにない。

「そういう事だ――悪いが、いただく！」

黒仮面は飛び上がったイングリスが着地する前に、更(さら)なる追撃の斬撃を浴びせる。

体勢的にはかなり不利。しかもあの剣の斬撃は、霊素殻(エーテルシェル)の状態であっても、まともに浴びればただでは済まないだろう。腕や脚(あし)で受ける事も出来ない。

だが――

「させませんっ！」

ピキィンッ！

イングリスの手の中に、氷の剣が現れる。

霊素殻(エーテルシェル)を発動した状態では、この氷の剣は一太刀(ひとたち)で粉々になる。

剣に伝わる霊素(エーテル)の負荷(ふか)に、刀身が耐(た)えられないためだ。

――だが、この状況(じょうきょう)では一太刀できれば十分！

ビュイイイインッ！

空中で身を捻りながら繰り出した氷の剣の斬撃と、黒仮面の霊素の剣がぶつかる。

「くっ……！」

力で押したのはイングリスの氷の剣だった。

黒仮面の剣を受け流したが、しかし刀身自体は粉々に砕け散る。

だがイングリスは、無事に着地をして姿勢を立て直すことができた。

それが出来れば、十分だ。

「そのか弱き剣では、こちらの剣は捌き切れぬ――！」

黒仮面はイングリスを追い詰めようと、猛然と斬撃を繰り出してくる。

「ええ。それでいいんですよ――」

虚を衝かれかけたあの一瞬をやり過ごせたのならば――

十分な姿勢を維持しつつ、剣を避けて殴ればいい！

「ぬう――これは……ッ!?」

繰り出した剣が悉くかわされ、そのたびにイングリスが一歩一歩近づいて来るのだ。

当たらない。黒仮面の動きを呼んでいるかの如く、最適かつ最小の動きで剣の雨をかい潜って来る。

結果的に、攻撃を加えているのは黒仮面の方なのに、間合いを測り直すためにじりじりと後退を余儀なくされるのだ。

反応速度でイングリスが上回るのは分かる。

霊素の力はイングリスが上だ。

だがそれを補うために、二つの霊素の戦技を併用しているのだ。

それなのにこれは、どういう事なのか……!?

単純な霊素の問題ではない。

圧倒的な読みの鋭さ、重厚で熟練した、戦闘経験値のようなものを感じる。

こんな少女が、どういう事なのか――？

「はあああっ！」

とうとう完全に黒仮面の懐に滑り込んだイングリスは、その腹部に掌打を打ち込んでいた。

「ぐうううぅぅうっ!?」

その衝撃で、黒仮面の体は大きく後ろに弾き飛ばされる。

膝は突いたものの、何とか倒れずに持ち堪えていた。

「ふ――ふふふ……我の手にも負えなくなりつつある、か――以前はまだ、ここまででは
なかったはずだが――」

「あなたは色々と忙しそうですが、わたしは修行に専念していますので――」

「大義のために奔走しているつもりなのだがな。正義は勝つなどと、子供染みた事を言うつもりはないが……」

「正義だろうと悪だろうと、力とは無関係です。力とは才能と訓練と経験で決まるものですから。そこに思想を結び付ける事こそ、力に対して不誠実な態度では？」

大義のためと言うのは、正義やあるいは悪のために、力を利用しているに過ぎない。

それでは己の理想さえ実現できれば、それ以上の力が必要無くなってしまう。

それは純粋に力を突き詰めようと言う態度ではないだろう。

極めようとするならば、もっと真摯にならねばならない。

思想や思考など放棄して、ただどこまでも強い力を求めるべきだろう。

「はははは！　そんな可憐な外見をして、とことん武人だな……！」

「ええ。わたしにはそういう生き方しかできませんので。さあ、まだ隠しているものがあるでしょう？　見せて下さい」

黒仮面はイングリスが戦艦に撃ち込んだ霊素弾を弾いた。

それは間違いないが、今まで見た能力ではそれは不可能だ。

それをするには、霊素の力が足りていないように見えるのだ。

まだ何かある――せっかくなので、とことん見せて貰いたい。

「隠しているもの――何の事かな？」

黒仮面はそう白を切る。

「あなた方の船を撃ったわたしの攻撃――逸らせたのはあなたのはずです。それを見せて下さいと言っています」

「フッ。目聡い事だ――だが、そう面白いものでもないのだがな？」

「それはわたしが見て決めますので」

「横暴だな。が、仕方あるまい。ではご覧に入れるとしよう」

黒仮面がそう言った直後、その身を覆う霊素の光の色が変わった。

イングリスと同じ青白い光の色から、黄色がかった別の色へと変化をしたのだ。

「……！」

それが、霊素である事は分かる。

だが、黄色の霊素など見た事が無い。

それは前世においても、だ。

イングリスを半神半人の神騎士とした女神アリスティアもその身に纏う霊素は、イングリスと同じ青白い色だった。

その他、女神アリスティアの盟友の神々も同じ色だった。

「これは魔神の気……⁉」

前世において存在していた神々の敵。

イングリスはそれを打ち倒し、神々にも人々にも、英雄として認められ王となったのだ。

魔人の気は確か黄色だったはず。

「いや、しかし――」

目の前の黒仮面が身に纏う力は確かに霊素で、魔人のような禍々しさは感じない。

霊素は霊素でも、大きく波長が異なるような印象を受ける。

黒仮面は霊素そのものの質を制御することができるようだ。

驚愕すべき制御力だ。

こんな事が出来るとは、思った事も無かった。

だがこの色は偶然なのか？

そもそも、魔神とは何だったのか？

今更ながらに、そんな疑問が生まれる。

が、それよりも――

面白い！

未知の力からは、未知の技が飛び出すに違いない！

「やはりまだ奥の手を隠していましたね――ふふふっ。あなたとこうしていると楽しいですね？」

イングリスは黒仮面に微笑を向ける。

その格好もあり、とても可憐でとても清楚。

だがしかし――

「何故だろうな。うら若き女性からかけられた言葉にしては、まるで喜びを感じぬな」

「わたしは喜んで下さっても構いませんが？」

「そうもいかぬよ。我は君と違い、己の大義にうつつを抜かす不心得者――戦っているばかりではいられん。さあ、来るがいい！」

「では――！」

イングリスは全速で真っ向から踏み込み、拳を繰り出す。

まずは様子見。

真っすぐ行ってそのまま殴る。

何の捻りも無い攻撃だが、手は抜かない。全力の拳打だ。

剛腕が唸りを上げて、黒仮面に迫る。

だが黒仮面を覆う黄色の霊素に近づくと――

ヴゥンッ！

何か異様な手触りと共に、拳が狙いを逸れて空振りをした。

「え……!?」

もう一発、二発、と拳を振るう。

しかしそれも、不可思議な力で黒仮面に触れられずに逸れてしまう。

「ならば――――！」

上段蹴り！

ヴヴゥンッ！

やはり蹴り足は黒仮面に触れられず、表面を滑るように弾かれてしまう。

何だろう。黒仮面に近づけば近づく程、猛烈な反発で相手に触れる事が出来ない。

まるで同じ磁極を近づけた時のように、反発でお互いが離れてしまう。

「これは――!?　これでわたしの霊素弾（エーテルストライク）も……!?」

「左様。霊素（エーテル）の質を変え、お互いの力が反発するようにさせて頂いた。これでお互いに、触れ合（あ）う事は出来ぬ。ゆえに傷つける事も叶（かな）わぬ。これは力の強弱ではなく質の問題だ」

「つまり絶対的な防御手段であり、絶対的な攻撃手段の破棄（はき）でもある……？」

「そうだ。もう我々の間には争いは発生し得ぬ。平和だろう？」

「……つまらないです」

それでは、戦えないではないか。

イングリスは不満そうに唇（くちびる）を尖（とが）らせる。

「だから言っただろう？　そう面白いものでもないとな」

「……仕方ありませんね」

ふう、と一つため息。

「理解を頂けたようで何よりだ」

「ええ分かりました。こうするしかないという事が――」

ピキイィインッ！

イングリスの身を覆う霊素殻(エーテルシエル)の青白い光が消えて、手の中に氷の剣が現れる。

霊素(エーテル)の戦技では、黒仮面に触れる事が出来ない。

ならば霊素(エーテル)を魔素(マナ)に落として、戦うまで。

霊素(エーテル)さえ使わなければ、黒仮面の霊素(エーテル)による反発を受ける事はないはずだ。

「……そんなもので、まだ戦おうというか？　あえて力を落とせば、圧倒的に君に不利となるのだが？」

「それはそれで――創意工夫(そういくふう)をしてみるのも、戦いというものです」

「理解できんな。何が君をそこまでさせる？」

「人生は短いですから。一時たりとも無駄(むだ)には出来ないという事です」

「やれやれ……そんな若さで、生き急ぐものだ。ならば相手を続けねばなるまいか――」

黒仮面がため息を吐(つ)いた瞬間――

「クリス！　何か来る！　気を付けて！」

機甲鳥(フライギア)に乗って近くを飛んでいたラフィニアが、そう叫(さけ)んだ。

確かに光に包まれた何かが、遠くからイングリスと黒仮面の近くに飛来して来ていた。


ドオオォォンッ！

大きな音を立てて降り立ったのは――

「……！　あなたは――」

「ハハハハ！　大戦将（アークロード）たる僕が、あの程度で死ぬと思ったか！　残念だったな！」

遥（はる）か彼方（かなた）に蹴り飛ばしてしまった天上領（ハイランド）の使者、イーベルだった。

「イーベル殿（どの）！　ご無事で何よりです――！」

イングリスは顔を輝（かがや）かせ、イーベルの無事を喜んだ。

「何を白々しい嘘（うそ）を！　自分で蹴り飛ばしておいて――！」

「嘘ではありません。本当にあなたの無事を喜んでいます」

本当に嘘はない。強い相手とは何回戦ってもいい。

イーベルが無事なら、また戦えるではないか。

「大戦将（アークロード）――天上領（ハイランド）の上級将軍か。それがこんな所にいるという事は……つまり、貴殿（きでん）が今回の交渉（こうしょう）の責任者だな？」

「フン。だから何だ、君は血鉄鎖（けってつさ）旅団の首領だな？　全身黒ずくめの男だと聞いてはいたが、悪趣味（あくしゅみ）な仮装だよ。きっと余程（よほど）自分に自信のない、不細工な顔なんだろうね？」

「フ――確かに、この格好をしていないと不安ではあるがな。さて、天上領（ハイランド）の使者を討（う）ち取るのが我等の目的——子供相手は気が引けるが、目的を果たさせて貰うとしよう」

緊張感の高まる黒仮面とイーベルの間に、イングリスはすっと割り込む。

「イーベル殿、下がって下さい。彼はあなたの命を狙っています」

その後、黒仮面にも話しかける。

「イーベル殿には、元々この国と取引するつもりは無かったようです。ですからあなたが何もせずとも、アールメンやシアロトの街が召し上げられる事はありませんよ？」

黒仮面とイーベルが潰し合う事態は、イングリスにとっては望ましくない。

戦う相手が減ってしまうからだ。そんなに勿体ない事はない。

もしそうなりそうならば、イングリスとしてはイーベルを守る方向に動く他は無い。

現状イーベルと黒仮面では、圧倒的に黒仮面の方が実力が上だ。

「フン！　状況は僕の狙い通りなんだよ！　ノコノコ現れた血鉄鎖旅団なる虫ケラ共を制裁する！　ここで親玉を潰してやるさ！」

「ならば、身に降りかかる火の粉は払っておくとしよう。大戦将の首には価値がある」

「待って下さい、そんな事のために戦ってはいけません！　さあ武器を収めて！　平和が一番です！」

「「どの口が言う！」」

二人揃って同じ事を言われた。

『わたしは、わたし以外の人が傷つけ合うのを望まないだけです――ですが、揃ってわたしと戦うというのであれば、歓迎しますが？』

「馬鹿を言うな！　今そんな事に何の意味も無い！」

「我々は君のように、楽しみでは戦わんのでな」

「……仕方ありませんね」

黒仮面の方を向き、再び霊素殻を発動。

ここは、イーベルを守る方向で動く。イングリスがそう決めた次の瞬間――

天上領側の船のから、一隻の機甲鳥が飛び出して接近してくる。

そこには、見知った顔があった。

艶やかな長い赤い髪の天恵武姫――システィアだった。

「お待たせいたしました！　艦橋は押さえました！」

「よくやった。拿捕した船は、すぐに離脱をさせるのだ！」

「はい！　既にそう指示しております！」

システィアの言う通り、天上領の船は動き出し、遠ざかろうとしていた。

「貴様ら！　僕の船を持ち去ろうというのか？　とんだ火事場泥棒だな……！」

「戦いには無い袖は振れぬ。機会があれば、戦力を増やしておくべきなのでな」

ひょっとしたらそれが目的――だったのだろうか？

でなければ、システィアが敵船の艦橋を押さえに行く事があるだろうか？

きっとイーベルを狙って、王城まで乗り込んでくるはずだろう。

それが一番の目的だったはずだ。

それなのにこの動きは――きっと何らかの手段で、王城側の動きを知っていたのだ。

あの場にまだ血鉄鎖旅団側の内通者がいて、それを報告したのだろうか。

それで第一目標を、天上領の船の奪取に切り替えたのか。

なかなか抜け目のない、臨機応変な動きだ。

「まあいいさ。ここで君を殺って、取り戻せば済む話だ！」

「無礼者が！　何者だ貴様！」

「あれが天上領の使者だ、システィア」

「え――!?　では引き上げの前に、倒してしまいましょう！　せっかくの好機です！」

「ああ、そのつもりなのだが――」

「そうはさせません。皆さんが傷つけ合うのは無益です」

主に、イングリスにとっては――

「フフフ――ややこしい事態だと思わぬか？　システィア」

「ええ。仰る通りです。レオンの方の事もありますし――」

「そうだな。こういう時は、結局は力が物を言う。そして我一人では、身を守る事は出来ても、彼女を出し抜く事は不可能だった。ならばお前の力、貸して貰わざるを得ん」

「……！　はい、それでは――！」

システィアは軽い身のこなしで機甲鳥から飛び降りると、黒仮面の隣に並んだ。その体は内側から、眩く輝き始めている。

「私の存在、私の力……ご自由にお使い下さい。全てをあなたにお委ね致します」

これは、もしかすると――

「天恵武姫の武器化――!?」

それは是非、見てみたい……！

眩い光に包まれたシスティアは、そっと黒仮面に手を差し出す。

黒仮面がその手を取ると、システィアの姿はより一層激しく輝く。

「眩しい……！」

この近距離では、目を開いているのが困難なほどで、殆ど影しか見えない。

そしてその影の形が――長大な棒状の武器、槍へと変化して行く。

目で見る事は困難だが、その力の流れを感知して追う事は可能。

イングリスは全身全霊（ぜんしんぜんれい）で意識を集中する。

そうして、理解する。これは――

「…………すごい――」

武器形態化したシスティアが、黒仮面の霊素（エーテル）を取り込み、それを増幅（ぞうふく）しているのが分かる。

そう魔素（マナ）ではなく霊素（エーテル）を、だ。

これは驚愕すべき事。

上級の魔印武具（アーティファクト）ですら、霊素（エーテル）を流し込めばその負荷には耐えられず破壊（はかい）されてしまう。

以前イングリスがレオーネの上級魔印武具（アーティファクト）を壊（こわ）してしまった時のように。

だが天恵武姫（ハイラル・メナス）は霊素（エーテル）を受けても無事なだけではなく、流し込まれた霊素（エーテル）を圧倒的に増幅している。

1が5にも10にもなっているような――

こんなものの攻撃（こうげき）を受けたら、いくらイングリスが全力の霊素殻（エーテルシエル）で身を護（まも）っていても、確実に無事では済まない。

究極の魔印武具（アーティファクト）と言われる武器形態の天恵武姫（ハイラル・メナス）だが、確かにその看板に偽（いつわ）りなしだ。

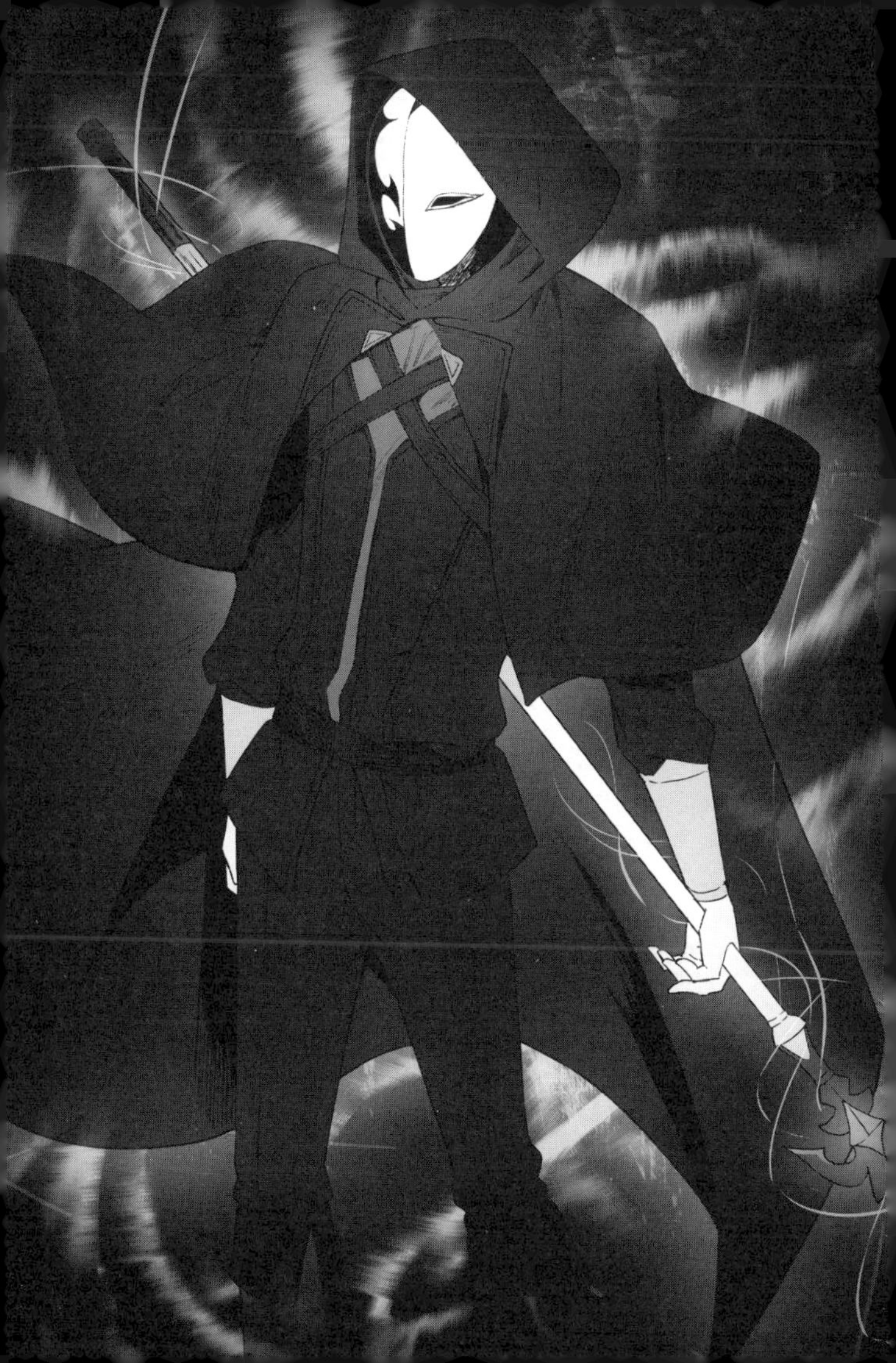

魔素ならば分かるが、まさか霊素まで増幅するとは――

これはイングリスの前世に存在した神の武器――聖剣にも等しいものだ。

それを天上人とはいえ人間の手で生み出しているとは。

正直度肝を抜かれた。

イングリスが転生をしているうちに、世の中は進化しているのだ。

素晴らしい。とても素晴らしい。相手にとって不足無しだ。

「くっ……！　これは、このメイドと同じ、僕にも分からない力か……⁉　だが天恵武姫が反応している……！」

「逃げて下さいイーベル殿。あれは危険です」

イーベルを下がらせ、あの力を存分に味わってみたい。

「君の指図など受けん！　ならば、形態が変わり切らない今のうちに――！」

しかしイーベルは、自ら黒仮面に突っ込んで行こうとする。

「いけません！　それは無粋です！」

相手が力を発揮しようという時に、それを待たずに攻撃しようなどとは、重大過ぎるマナー違反だ。

イングリスはイーベルを追って地を蹴る。

だがイーベルに追いつく手前で――

システィアの武器形態化が完全に終了し、黒仮面の手の中に、黄金に輝く槍が現れていた。

以前システィアが自ら使っていた黄金の槍を、より長大かつ豪華にしたような外見である。

その槍を、黒仮面は片手で大きく突き出した。

繰り出された槍の穂先は、霊素殻を発動したイングリスにさえ、ほんの一瞬の光にしか見えない。

そしてその光がイーベルの肩口に突き刺さり――肩から上腕部にかけてを、音も無く消滅させてしまう。

「……！」

さらに続く閃光のような連続突き。

それが、イーベルの体も、腰も、脚も、頭も、次々消滅させて行った。

後に残されたのは、何もない。一瞬の間の出来事だった。

「な……!?」

ヒイイィン！　ヒイィンヒイィンヒイィンッ！

黒仮面の霊素（エーテル）と共鳴しながら、槍が空気を劈（つんざ）く音。

そして――

バシュバシュバシュバシュウウゥゥゥッ！

それを受けたイーベルの体が、弾（はじ）け飛（と）ぶ音。

見た目の光景に、音が遅（おく）れて聞こえて来た。

さらに――

ビュウウウウゥゥゥゥッ！

槍の攻撃の余波が猛烈な衝撃波（しょうげきは）となって、イングリスの身に降りかかった。

「くっ――!?　何て威力……！」

衝撃に抗（あらが）い切れず、体が吹（ふ）き飛ばされた。

そして吹き飛ばされた先には——床が無かった。

船上から弾き出され、空中に投げ出されたのだ。

「……あ、落ちちゃった」

さて、どう戻ろうか——と思案するまでも無かった。

ラフィニアが機甲鳥を操って、イングリスの下に回り込んでくれた。

「クリス！　掴まって！」

「ラニ！　ありがとう！」

イングリスは身を捻りながら落下角度を調整し、機甲鳥の上へと着地する。

「よし、船の上に戻って！　あれと戦うから！」

「だ、大丈夫なの——？」

流石に武器化した天恵武姫の威力を目の当たりにしては、ラフィニアも不安そうである。

「分からない。けどだからこそ、燃えて来る。かな？」

「だ、だったら今戦わなくてもいいんじゃない？　リップルさんやレオーネ達のほうも気になるし……」

それが聞こえていたのか、黒仮面の方も口を開く。

「天上領の使者は討ち取り、戦艦も拿捕した。我々として戦果は十分。出来れば、このまま去らせて頂きたいのだがな？」

「そうはいきませ――」


――ズドオオオォォォォォォオン……！


この戦場とは全く別の場所、王都の市街地の方から、巨大な音が響いて来た。

と同時に、天高く光の柱が立ち上るのが目に入る。

その場所は――

「！　クリス、あれ……！」

「うん。騎士アカデミーの方だね――」

言い合ううちに光の柱が薄れて、その中から巨大な人影が姿を現す。

それは――今まで見たものよりも遥かに大きな、獣人種の魔石獣だった。

王城の屋根にも届きそうな程の巨体。

そしてその体表のあちこちが、七色に輝く光沢を放っている。

虹色に輝く魔石獣。それはつまり――

「「虹の王……！」」

イングリスとラフィニアの声が揃った。

「うわあぁ……すごい――ね、ね、ラニあれ見たよね？　虹の王だよね？」

「そ、そうね――」

前にアールメンの街で見た氷漬けの巨鳥の個体とは違うが、ずっと憧れていた相手だ。

一国をも滅ぼすと言われる、究極の魔石獣。

その力に対抗できるのは、武器化した天恵武姫を操る聖騎士だけだと言う。

幼い頃にその存在を知って以来、自分の力で倒せるようになってやろうと思っていた。

とうとう、動いている個体に巡り合えた。

――あの頃からの目標を今、果たす事が出来る！

これが武者震いせずにいられるだろうか。

「正確には、まだ完全体とは言えない状態だがな。虹色の体表となっているのは半分ほどだ。が、放っておけば早晩、完全な虹の王となろう」

確かに黒仮面の言う通りで、獣人種の虹の王の体の半分は、虹色ではなく斑模様のようになっている。

虹の王の幼生体とでも言った所か。

だがその体が内包する、莫大な力の量というのはひしひしと感じる。

「ああぁぁ——迷うなあ、どっちと戦おうかなあ……」

イングリスはキラキラした瞳（ひとみ）で、黒仮面と虹の王（プリズマー）の幼生体を交互（こうご）に見つめる。

黒仮面は黒仮面で武器化した天恵武姫（ハイラル・メナス）を操っているし、こちらも素晴らしい敵だ。目移りしてしまう。

こんなにも強敵が選（よ）り取（ど）り見取（みど）りだなんて、ここはいい戦場である。

「こらっ！　クリス！」


ぶにっ！


ほっぺたを引っ張られた。

「何考えてるのよ⁉　どう考えても騎士アカデミーに戻らなきゃでしょ！　レオーネやリーゼロッテやリップルさんもみんないるんだから！」

「いひゃっ！　りゃ、りゃに。れ、れもね——」

「何よ？」

と、聞いてくれるらしく手を離（はな）してくれる。

「みんながいるから、暫（しばら）くは大丈夫（だいじょうぶ）とも考えられるよ？　ほら見て——」

ちょうど虹(プリズマー)の王の幼生体と周囲を隔離(かくり)するように、大型の結界が出現するのが見えた。

あれは恐(おそ)らく、ミリエラ校長の力だろうか。

この遠目から見ても分かる程に、強力な結界だ。

聖騎士ではないが特級印を持つミリエラ校長がいて、同じく特級印を持つシルヴァがいて、レオーネやリーゼロッテもいる。

そして何より、真面目(まじめ)にやっているかは分からないがユアもいるはず。

彼女の力は底が知れない未知数。そう簡単にはやられないはずだ。

「結界……!?　あっ！　でも、危ない……っ！」

虹(プリズマー)の王の幼生体の体のあちこちに光点が発生し、それが四方八方に光線を撒(ま)き散(ち)らした！

「大丈夫……！」

だが結界は光線をその中に封(ふう)じ切り、外には漏(も)らさなかった。

騎士アカデミーの周囲の市街地に被害(ひがい)が出る事は免(まぬが)れた。

そして結界もまだ健在だ。

「ふう……良かった街は無事ね――」

「ね。大丈夫だったでしょ？　仲間を信じるって大事だよ？」

「……とか言って、黒仮面と戦う時間が欲しいだけだったりしない？　クリスの性格なら両方ともと戦おうとするだろうし——」

「まさか。わたしだって時と場合は考えるから。あの人を放っておけば、わたし達が行った後に何をするか分からないでしょ？　下手すれば国王陛下が狙われるかもしれないし」

内心ぎくりとしたが、何事もなかったかのように表情には出さない。

「でも、このまま去らせて頂きたいって言ってたわよ？」

「何言ってるの、相手は悪人だよ？　ゲリラ組織なんだから。そんな人の言う事信じられないでしょ？　わたし達、正義の味方なんだし」

「うーん——クリスもあいつも、同じくらい信用できないわね……」

「えぇっ⁉　なんで——」

「クリスが正義なんて言うはずないし！　うさん臭いのよ、絶対何か良からぬ事を企んでるわ！」

「で、でも、ラニは正義好きじゃない？」

「あたしはいいのよ！　普段から清く正しく生きてるから！」

と言い合うイングリスとラフィニアに、蔑むような声が浴びせられる。

「やれやれ騒がしい小娘共だ。遊んでいないでさっさと帰れ、こちらもお前達などの相手をしている暇はない」

　システィアの声だった。

　見ると、元の天恵武姫の姿に戻っている。

「……！　ま、待ってあなたは元に戻らないでください！　まだ戦いたいので……！」

「黙れ！　私は見世物でもなければ、貴様の遊び相手でもないっ！」

「済まぬが、彼女の言う通りだ。あれはシスティアへの負担も気になるのでな。論より証拠。こちらから去らせて頂こう。行くぞシスティア」

「ははっ！」

「そうは……！」

「待ちなさいクリス！　別にいいでしょ、帰るならほっとけば――！」

　と、ラフィニアが言った瞬間、騎士アカデミーの結界内に動きがある。

　まるで太陽のような眩い光が、充満したのだ。

「……っ!?　あれは――さっきの、天恵武姫が武器になる時の光よね、クリス!?」

　ラフィニアの言う通りだ。

「そうだね――」

「って事は、リップルさんが元に戻って、武器になってるのかな……!?　やったあ！　だったら虹の王(プリズマー)も倒せるかも知れないわ！　うん。なら黒仮面達を捕(つか)まえても――」

「いや……！　ダメ！　すぐ騎士アカデミーに戻ろう！　あれは危ない――！」

システィアの時と同じに見えて、あれは違う。全く違うのだ。

「はいはい。どうせ、危ないのは虹の王(プリズマー)が倒されるかも知れないって事でしょ？　その前に戦いたいのよね？」

「うんそれでいいから、早く騎士アカデミーに！」

「それがいい。急がねば、手遅(ておく)れになりかねん」

と、黒仮面はイングリスの内心を見透(みす)かしたような言葉をかけて来る。

「……残念です。あなたとはなかなか思う存分戦えませんね――ではいずれまた。失礼します」

「結構だ。君と戦ってもこちらに大した益は無く、脅威(きょうい)だけは最大級だからな」

それ以上、会話をしている時間も無さそうだ。

「さあラニ、行こう！　急いで！」

「わ、分かったわ！」

二人を乗せた機甲鳥(フライギア)は、全速力で騎士アカデミーへと飛んで行く。

第8章 ◆ 15歳のイングリス　天恵武姫護衛指令　その8

イングリスとラフィニアが、血鉄鎖旅団の黒仮面と邂逅する少し前——

隔離用の異空間の中で、リップルが呼び出す魔石獣の討伐は続いていた。

「ちょいなあぁぁぁ〜」


ザシュウウゥゥッ！


ユアの手刀が、左右から迫る強化型の魔石獣を縦に一文字に斬り裂いて両断した。

「は、本当に凄いですわ、ユア先輩……！」

その光景に、近くで見ていたリーゼロッテは驚きを禁じ得ない。

あのイングリスですら、素手で魔石獣を倒す事は出来ないのだ。

一体ユアは何をどうしているのだろうか？

分からないが、頼もしい事はこの上ない。

ここまで相当数、恐らく数十体の魔石獣を倒しているが、ユアの力が無ければとてもここまでは出来なかっただろう。

「……ありがと。トンガリちゃん」

「ど、どういたしまして……」

だが、変な名前で呼ぶのは勘弁して頂きたいところだ。

「でも、ちょっと疲れて来た」

「え、ええ――わたくしも……」

奇蹟の力を全開にしながらの、休みなしの連続戦闘だ。

ユアとリーゼロッテだけではなく、他の人員もかなり疲弊して来ていた。

それは、リップルに魔素の供給を続けて魔石獣を召喚させ続けていたミリエラ校長とシルヴァも同じだ。

「……シルヴァさん、調子はどうですか？」

「キツいですね。ですがまだ、リップル様はこちらの力を吸われていますよね……!?」

「ええ。そうですね――」

まだ、魔石獣の召還は打ち止めではないのだ。

ミリエラ校長とシルヴァには、体感でそれが分かっていた。

「でしたら、休むわけには行きません……！　続けましょう！」

「ええ──皆さん！　次が出ます！　気を付けて下さい！」

ミリエラ校長とシルヴァは、力を振り絞ってリップルに魔素を供給する。

再び渦のような空間の歪みが発生。

強化型の魔石獣が今度は三体、出現した。

「みんな頼む──っ！」

周囲を鼓舞しつつ、更に魔素の供給を──

と考えて集中を続けるが、明かな異変に気が付く。

ヒイイイインッ！

そしてリップルの体を覆っていた黒い球体の色が変化する。

様々な色が混ざり合って揺らめく、七色へと──

そしてリップルに魔素を吸われる強さが、これまでと段違いに強くなった。

「うう……っ!?　こ、これは──!?」

「リップルさんに一段と強く力を吸われるように……!?」

これでは、もうこれ以上魔素の供給を続けるのが難しい――！

何とか耐え忍ぶ二人を尻目に、現れた三体の魔石獣の掃討が行われる。

ユアが一体を正面から撃破しにかかり、リーゼロッテは一体の注意を引いた。

もう一体の魔石獣は広範囲に熱線を撒き散らすため、力を溜めている。

「させませんッ！」

リーゼロッテはその攻撃を無効化するために、強く奇蹟の力を使おうとするが――

シュウゥンッ！

意思に反して、奇蹟の白い翼が消失してしまう。

――耐久力の限界だ。

「っ⁉　誰かあれを止めて下さいませ！」

「私がやるわっ！」

レオーネの大剣の魔印武具が伸び、その魔石獣を弾き飛ばす。

「ありがとうございます、レオーネ！」

「ナイス。二号ちゃん」

ユアも魔石獣の相手をしながら、レオーネを称賛する。

「――でもごめんなさい、もう限界ですっ！」

隔離用の異空間が消失し、元の騎士アカデミーの大教室の景色に戻った。

「すんません、俺も！」

「私も……！」

それは、レオーネと同じく隔離用の魔印武具を持つ生徒達だ。

全員の力が尽き、これ以上異空間で先頭を続ける事が難しくなってしまった。

「みんな限界か……これ以上続けるのは難しいのか……!?」

「とにかく、今いる魔石獣を倒してしまいましょう――！」

ミリエラ校長の指令に、早速ユアは手刀を振るう。

「とう」

ユアと向き合っていた強化型魔石獣の首が落ちる。

しかしリーゼロッテと戦っている魔石獣は健在。

先程レオーネが弾き飛ばした魔石獣は起き上がり、再び力を溜めていた。

「また来ますわ――！」

「よし、ならば僕が――！」

シルヴァが立ち上がって手を貸そうとするが――

勢い良く立ち上がった瞬間、眩暈を感じてふらついてしまう。

段階の上がったリップルへの魔素供給が、予想以上にシルヴァに負担をかけていたのだ。

「う……っ!?」

間に合わず、魔石獣が円陣になるこちらに向け熱線を放った。

これまで撃たせずに凌いできたが、とうとう防ぎ切れなかった。

「「ああっ！」」

「「い、いけないっ――！」」

声が上がる中――

熱線が生徒達に向かう進路上に、青紫に輝く四本足の影が割り込んで来た。

それが熱線を受け、激しい光と共に弾け飛ぶ！

ゴウウゥウゥンッ！

その爆発と威力が相殺。

魔石獣の熱線も消失した。

「……！　雷の獣――!?」

レオーネが声に応じるように、更に四体の雷の獣が姿を現す。

それが一斉に魔石獣を取り囲んだ。

魔石獣は自分を取り囲む雷の獣を殴りつけて攻撃するが、その手が触れた瞬間——

ゴウウゥゥウンッ！

雷の獣が爆散。魔石獣の腕も巻き添えに弾け飛んだ。

グオオォオォッ⁉

仰け反る魔石獣に残りの雷の獣が体をぶつけ、さらに弾け飛ぶ。

結果、魔石獣の姿も弾け飛んで消えていた。

「離れな！　アールシアのお嬢さん！」

そう声がして、再び現れた雷の獣達が、最後に残ったリーゼロッテと交戦中の魔石獣に向かう。

「っ⁉」

大きく飛び退くリーゼロッテと入れ替わるように、雷の獣達が魔石獣へと突進。

魔石獣は先程の個体と同じ運命を辿り、爆散して消失する。

その閃光が大教室を包んで消えた後――入口の所に、一人の青年の姿が現れていた。

「……お兄様！」

「よっ。まあ何だ――色々言いたい事はあるだろうが、ここは手を貸させて貰うぜ」

レオンは後ろ頭を掻きながら、少々ばつが悪そうな笑みを浮かべるのだった。

「お、おいあれ――」

「あ、ああ。見た事あるぞ……！」

生徒達が騒めき始める。

レオンは元聖騎士。この国の英雄である。

その顔を見知っている生徒も、決して少なくなはい。

「……お兄様！　どうしてここに――!?」

レオーネがそう発言したことにより、その場の全員に状況が把握できた。

彼女が聖騎士の地位を捨て血鉄鎖旅団に走った裏切り者レオンの妹である事は、周知の事実だ。

「じゃあ、血鉄鎖旅団が妨害しに来たのか!?」

「こ、こんな時に……！」

「元聖騎士と戦う事になるのか……!?」

いきり立つ生徒達。

「おいおい待ってくれよ。さっきのを見てただろ？　俺は協力しに来たんだよ、まあ信じろってても難しいのは分かるがな。なあミリエラ、生徒達に何とか言ってやってくれよ」

「……あなたが、それだけの事をしてしまったという事ですからねえ。そこは擁護できませんよお」

ミリエラ校長は、渋い表情を崩さない。

「まあな。違いねえわな。はっはっは」

「笑い事ではありませんよお。残されたレオーネさんがどれだけ辛い思いをしてきたか、ちゃんと分かっていますか？　あなたにも信念があるのは分かりますが、肯定はできません。レオーネさんは私の生徒ですから――生徒を傷つける方は、たとえ肉親だろうと許せませんん」

「……そいつはありがてえ。これからもレオーネの事、よろしく頼むぜ」

レオンは少々真面目な顔になり、ミリエラ校長に頭を下げた。

ミリエラ校長はふうとため息を吐く。

「――ここで私達に手を貸すのが、罪滅ぼしのつもりですかあ？」

「まさか。そんな事で許されるような甘い話じゃねえのは分かってる。ま、今のボスの命令でな――仕方なくだよ仕方なく」

ただ、それを命じる時、黒仮面はレオンにこう言った。

たとえそれが他者からどう思われようと、己の中の大義を押し込めるべきではない。

守りたいものがあれば、守りに行けばいい。

その結果、これからも同じ道を歩み続ける事が出来るならば僥倖だ――と。

「校長先生。今は使えるものは何だって使うべきです！　元聖騎士の力は大きい！」

と、シルヴァがミリエラ校長に意見する。

「お？　物わかりのいいやつがいるじゃねえか。結構結構。お前さん見込みあるぜ？」

「勘違いしないで頂きたい！　同じ特級印を持つ者として、責任を放棄して逃亡したあなたを許すことは出来ない！　事が終わったら、即座に拘束して裁きを受けさせてやる！　レオーネ君もそれでいいな!?」

「は、はい……！　シルヴァ先輩――！」

「おっかねえ……ま、そうなる前にトンズラさせて貰うとしますかねえ」

肩を竦めながら、レオンは生徒達の作る円陣の中に。分け入っていく。

中央にいるレオーネや、シルヴァ達の近くまで進むと、懐から丸い球体を取り出した。

白と黒が交じり合った、斑模様をしている。

「ほらよっ！」

それを足元に、放り投げる。


パリィィンッ！


球が砕けて割れると、白と黒が入り混じった霧のようなものが辺りに充満する。

「な、何だ……!?」

「目潰しか……!?」

「き、気をつけろみんな――」

そう上がる声に、レオンはため息で応じる。

「やれやれ信用ねえなあ。お前達はこの国の将来を担う精鋭だろ？　一々慌てふためくんじゃねえ、目の前で起こってる事の本質をよーく感じ取ってみな」

だが言われるまでも無く、その効果に気が付く者もいる。

「こ、これは力が……！　戻って来る――!?」

「本当ですね……！　これは一体――」

「体が軽くなって来ましたわ……！」

「ええ、これなら――」

もう一度全力で、奇蹟(ギフト)を使う事が出来る。

「こいつは魔素の霧(マナミスト)。効果のほどは、お前さん達も体感した通りだ。中々の優(すぐ)れものだろ？　うちのボスは何か知らんが色々持って来るからな」

そしてレオンの指示が、レオーネに飛ぶ。

「レオーネ、もう一度異空間に隔離だ」

「…………」

「おいおい、今はいいだろ？　今更(いまさら)罠(わな)に嵌(は)めたりはしねえよ？」

「分かっています――」

レオーネは努めてぶっきらぼうに応じる。

本当の事を言うと、悔(くや)しかったのだ。

この状況でレオンが救援(きゅうえん)に現れてくれて頼もしいと、ほっとしてしまった自分がいる。

レオーネの事を頼むとミリエラ校長に頭を下げる姿に、肉親の情が蘇(よみがえ)りそうになってしまった。

本来そうあるべきではないのに、だ。

緊急時ゆえ、協力はやむを得ない。

が、あくまで一時的に利害が一致するだけの敵と見ないといけないのに――

自分の心の動きは、明らかにそうではない。その事が悔しい。

だから表に出してはいけないと、そう思う。

ともあれ力を取り戻したレオーネの手により、再び奇蹟が発動。

何も無い暗い異空間へと、周囲の光景が切り替わる。

「じゃあこっちに手を貸すぜ。リップルに魔素を喰わせて、魔石獣を呼ぶんだよな」

レオンは未だ気を失い続けているリップルの側に跪き、鉄手甲の魔印式具を触れさせる。

「う……っ!?　しかしこりゃあ、すげえ喰われようだな――」

「シルヴァさん、私達も――！」

「はい、校長先生！」

三人がかりで、それぞれのアーティファクトからリップルに魔素を流し込む。

すると、その体を覆う光はどんどん膨張し、輝度を増していく。

余りにも急速に、かつ大量に魔素を喰われ、三人に一気に疲労が押し寄せる。

「おいおい……！　これだけやって何も出ねえのか――!?」

「さっきまでは、どんどん現れていたんですけどねえ……！」

「今までとまるで違いますね……！」

そして——

不意に円陣の外側に、巨大な空間の歪みの渦が現れる。

ズドオオオォォォォォォンッ！

次の瞬間、巨大な光の柱が天に向かって立ち昇った。

その威力の余波で、レオーネが生み出した異空間は吹き飛ばされて消滅し、元の騎士アカデミー内に再び戻ってしまった。

「っ!? 空間が——!?」

「壊れましたの……!?」

つまり、それ程の威力を今の光の柱は持っているという事。

天井や校舎の屋根も貫き、更に巻き起こる衝撃波が、校舎の壁も吹き飛ばした。

「「「うわあああぁぁぁっ!?」」」

「「「きゃあああぁぁぁっ!?」」」

その場にいた生徒達は散り散りに、大きく吹き飛ばされる。

後に残ったのは瓦礫（がれき）と化した校舎と——その中心に立つ小山のような巨大な影だった。

「ううう……っ⁉」

レオーネも激しく吹き飛ばされたが、何かに受け止められて、大きな怪我（けが）は負わずに済んだ。

「……よ。大丈夫か？」

「お兄様——」

どうもレオンが、レオーネを受け止めてくれたようだ。

微笑（ほほえ）みかけて来るが、レオーネはぷいと顔を逸（そ）らす。

「い、今のは一体……⁉」

「ああ。見ろよあれを。リップルのやつ、とんでもねえもん呼び出したぞ——」

レオンの指差す先には、七色に輝（かがや）く体を持つ魔石獣——虹の王（プリズマー）がいた。

グオオオオォォォォ——ッ！

虹の王（プリズマー）が大きく雄叫（おたけ）びを上げると、それだけで空気がビリビリと振動（しんどう）し、頬を強く打つ突風（とっぷう）のような衝撃（しょうげき）が走る。

「こ、これが生きた虹の王(プリズマー)……!?」

とてつもない迫力(はくりょく)。存在感――

レオーネもアールメンの街の氷漬けの虹の王(プリズマー)を何度も見た事がある。

が、生きて動いている個体は全く違う。桁違(けたちが)いだ。

何か本能的な恐怖感(きょうふ)を感じる。レオーネは思わず身震(みぶる)いしていた。

「リップルの異変は、天上領(ハイランド)が仕掛(しか)けたこの国への制裁だ。その本命がこの虹の王(プリズマー)だって
いうなら、納得(なっとく)は行くわな――」

虹の王(プリズマー)は一国をも滅ぼすという。

確かにレオンの言う通り、一国への制裁には相応(ふさわ)しいものなのかも知れない。

「な、何とかしないと……何とか――! で、でも……」

あんなもの、どうにかできるのだろうか――

「レオーネ、もういちどヤツごと空間を隔離しろ!」

「は、はいお兄様――!」

レオンの指示で我に返り、レオーネは奇蹟(ギフト)に意識を集中した。

魔印武具(アーティファクト)が反応し、一瞬(いっしゅん)周囲の景色が変わり始めるが――

ヴヴゥゥンッ!

力が崩壊して、再び元の景色に戻ってしまう。

「ダメ……！　虹の王の力が強過ぎて、隔離できない！」

「そうか——ならここでやらざるを得んな……！」

レオンの周囲に、十体近い雷の魔物が出現して展開する。

「レオーネ、お前は気絶してる奴らを集めて避難させろ、巻き込まれるぞ！」

「で、でも私も……！」

「レオーネ！　大丈夫ですか!?」

頭上から、リーゼロッテの声。

気を失った生徒を二、三人抱えている。

「リーゼロッテ！　ええ、私は大丈夫！」

「レオーネさんリーゼロッテさん、二人は気を失っている人達の避難を！　私達が虹の王を喰い止めます！」

別の方向から、ミリエラ校長の指示が飛ぶ。

「わ、分かりました——！」

「ユアさん！　あなたはレオンさんと虹の王の注意を引いて下さい！」

「ええ——？　あんなごっついの、怖いんですけど……？」

「今は口答えは許しませんッ！　やりなさい！」

「う……!?　は、はい——」

ユアはミリエラ校長の剣幕(けんまく)にビクッと身を震(ふる)わせ、怯(おび)えながら頷(うなず)く。

「し、仕方ない……怖いけど——」

ユアはそろりそろりと、虹の王(プリズマー)に接近しようとする。

ゆっくりと、後方に回り込むようにしながら——

グオオオォォォッ！

それが気に障(さわ)ったのか、虹の王(プリズマー)はユアに振り向(む)いて大きく吠(ほ)える。

「ひいいぃっ」

と、怯えるユアだが、やはり表情は殆(ほとん)ど無表情だ。

「おいおいビビるなよ。だが、逆にいい囮(おとり)だがな！」

レオンの意思を受けた雷の獣(けもの)が、虹の王(プリズマー)の巨体(きょたい)を駆(か)け上(あ)がり、顔面にぶち当たって大きく爆(は)ぜた。

ゴウゥウゥウンッ！

それは大きな閃光と共に、虹の王のまだ完全ではない部分——虹色では無い表皮に、多少の傷を残した。

「おお……こいつぁ頼れる——」

ユアが感心していた。

「お？　そうかい、そいつは嬉しいねえ」

「うん。ナイス、おっちゃん」

グッと親指を立てる。

「いやまだ俺二十代なんだが……！　でも君くらいの子から見たらそうかもなあ。うーん……ま、いいや！　ガンガン行くぜ！」

次々に雷の獣が虹の王に躍りかかって行く。

執拗に頭部を狙い、連続爆発。

しかし傷がつくそばから、即座に傷の再生がはじまってしまう。

結果として大きな痛手にはなっていない。恐るべき生命力だった。

だが、爆発の閃光で視界を封じるため足止めには十分である。

「いいですよ、そのまま続けて下さい！　今のうちに避難を！」

それを見ながら、ミリエラ校長は杖の魔印武具を振りかざす。

虹の王とその周囲を覆う結界が、大きく半球状に張り巡らされた。

空間隔離が出来ない以上、結界で周囲への被害を防ぐしかない。

「負傷者の避難を優先しつつ、何とか突破口を探ります！　シルヴァさん、リップルさんの様子はどうですか!?」

「もう光も収まりましたし、力も吸われません……！　恐らくですが、これで最後の獣人種の魔石獣と思われます！」

「そうですか――踏ん張りどころですね……！」

「もうじきリップル様も目を覚まされるのでは――!?　それまで何とかもたせれば、リップル様の力をお借りして、ヤツを――！」

「いや、それはアテにすんな」

シルヴァの言葉にレオンは首を振る。

「ええ――その通りです……！」

「ど、どうしてですか校長先生!?　こんな時こそ、天恵武姫のお力を……！」

「あの虹の王は、恐らくまだ完全体じゃありません。でしたら、別の突破口を探すべきです……！」

「ああミリエラの言う通りだ。それにリップルも病(や)み上がりじゃあ、調子が出ねえだろうからな。無理はさせるもんじゃねえよ」

と、話し合うレオン達を尻目に、ユアが虹の王(プリズマー)の足元に最接近していた。力を溜めるように、ぐるぐると腕を振り回(まわ)しながら。

その拳(こぶし)が、内から淡(あわ)く光っている。

「嫌(いや)な事は早く終わらせるに限る――」

たんっ。

飛び上がり、膝頭(ひざがしら)を蹴(け)り上がり、腹の鳩尾(みぞおち)当たりの高さで――

ボゴオォォォォォッ！

大きな鈍(にぶ)い音を立てて、ユアの拳が虹の王(プリズマー)の体に突(つ)き刺(さ)さった。

ユアの拳の一撃(いちげき)は、虹の王(プリズマー)にも通じたようだ。

びくりと身を震わせて動きが止まる。

それを見たレオンは、思わずヒュウと口笛を吹(ふ)く。

「いいパンチだ……！　通じてるぞ！　まるでイングリスちゃんみたいだな……！」

「いや、効いてないっぽい――」

ユアは全く無表情に、レオンの見立てを否定する。

「ん……⁉　何言ってんだ、腹ぶち抜（ぬ）いてるじゃねえか」

「ちがう。埋（う）まってる。ずぶずぶ――」

その言葉通り、ユアの手や体が深く虹の王（プリズマー）の体に引き込まれ始める。

「……！　いかん！　取り込んで力を増そうってか⁉　待ってろすぐ助けてやる！」

「ユアさんに防御壁（ぼうぎょへき）を！」

ミリエラ校長は身に着けた指輪をユアに向ける。

するとユアの華奢（きゃしゃ）な体が、薄緑（うすみどり）の光膜（こうまく）に包まれた。

「これなら、派手に攻撃（こうげき）しても大丈夫です！」

「よしユアちゃんよ、多少痛いかも知れんが我慢（がまん）しろよ！」

レオンは雷の獣を、一斉に虹の王（プリズマー）の腹部に突進させる。

爆発で肉を削（けず）り、ユアを切り離（はな）す！

ユアはミリエラが生んだ防御壁に包まれているので、爆発に巻き込んでも平気――とまでは行かないかもしれないが、今は一刻を争う。やるしかない。

雷の獣は虹(プリズマー)の王の足元に迫るが――

ブウゥウンッ！


虹(プリズマー)の王が身を捻(ひね)って長い尾(お)を振り回し、雷の獣たちを薙(な)ぎ払(はら)った。

その強烈(きょうれつ)な一撃で、雷の獣達は腹部に届かず全(すべ)て爆発して消失してしまった。

虹(プリズマー)の王の尾も多少焦(こ)げ付(つ)き傷ついているものの、すぐに再生が始まってしまう。

もっと強い一撃を繰(く)り出(だ)さない事には、有意な攻撃とはならないようだ。

「ちいいぃいいっ！　さっきは喰らいまくってたのに、獲物(えもの)を手にした途端(とたん)、迎撃(げいげき)してきやがるか――！　最初のトロさはわざとかよ……！」

元は知恵(ちえ)のある獣人種だ。

巨大(きょだい)な虹(プリズマー)の王と化した今、理性など無さそうに見えるが、それは見た目だけの事らしい。

戦術的な動きをしてくる。

「僕(ぼく)も手を貸す！」

リップルの側にいるシルヴァが、赤い長銃(ちょうじゅう)の魔印武具(アーティファクト)を構える。

ゴウゥッ！　ゴウゥンッ！　ゴウゥゥンッ！


轟音と共に、銃口から連続して火球が撃ち出される。

それは虹の王に向けて突き進むうちに姿を変える。

紅い炎の鳥のと化し、複雑な軌道を描きながら、高速で虹の王に迫った。

しかし虹の王は貫手でシルヴァが撃った炎の鳥を正確に迎撃。

ユアが取り込まれつつある腹部には、やはり近づけなかった。

「くっ……！　これが、虹の王か……！」

「溜めて打てるか!?　かい潜れねえなら、力押しだ！」

レオンの面前に、それまでの雷の獣の何倍もの大きさのものが生まれつつあった。

分散して沢山の獣を生むのではなく、一点集中だ。

魔印武具の扱いに熟達すれば、こういう使い方も出来る。

「勿論だ！　やってやる！」

シルヴァの銃口に、数倍の大きさの火球が生まれる。

二人の様子を見て、ユアはぎょっとする。

「殺す気か――」

「きっと君なら大丈夫だ！　我慢をしろ！」

「こうするしか、ないんでね！」

大型な雷の獣と炎の鳥が、入り乱れるようにして虹の王（プリズマー）に突進する。

下手な撹乱（かくらん）など無しの、真っ向勝負だ。

それを見た虹の王（プリズマー）は、カッと大きく口を開く。

七色に輝く太い光線が、口内から迸（ほとばし）り――

雷の獣と炎の鳥を、あっさりと薙ぎ払った。

「「なにっ……!?」」

多少の威力（いりょく）は相殺したが、それでも残りの光がレオンに迫る。

「!?」

避（さ）ける事は、出来ない。

レオンの後方には、レオーネ達が怪我人（けがにん）を集めていたのだ。

「うらあぁぁぁぁっ！」

鉄手甲の魔印武具（アーティファクト）を交差し、受け止める。

威力の余波でかなり後方まで圧されたが、どうにか堪（こら）え切った。

しかし、その影響（えいきょう）は大きい。

鉄手甲の魔印武具（アーティファクト）は激しく損傷し、崩れ落（お）ちてしまった。

「この野郎（やろう）、人が長年愛用してきた相棒をよ――！」

「ああっ!?　ユアさんっ!?」

「ま、間に合わなかった……!?」

ミリエラ校長とシルヴァから、声が上がる。

ユアの姿が完全に虹の王（プリズマー）に取り込まれてしまったのだ。

グオオオオォォォッ！

虹の王（プリズマー）が雄叫びを上げる。

ユアを取り込んで、喜んでいるのかも知れない。

その体の輝きが一層増し、虹色の表皮の面積が増えたようにも見える。

「諦（あきら）めんじゃねえ、何とか抉（えぐ）り出すぞ！」

ユアの体を覆っていた防御膜（ぼうぎょまく）の光。

それはまだ消えずに、虹の王（プリズマー）の中から漏（も）れているのだ。

しかし次の手に出るのは、虹の王（プリズマー）の方が早かった。

その体の表面に、無数の光点が出現する。

先程口から吐いた光線を、体中から放つような気配だ。

それも一つ一つから、先程の光線に匹敵する迫力を感じる。

ユアを取り込んで、力が増した――!?

「いけませんっ！　あれはこの一帯を薙ぎ払うつもりです！　レオーネさん、あなた達は異空間に退避を！　レオンさんも、シルヴァさんもリップルさんを連れて集まって！」

「校長先生！　校長先生はどうするんですか……!?」

レオーネの問いに、ミリエラ校長は微笑を返す。

「私は私で何とかしますよお！　私まで異空間に行くと、この結界が消えちゃいますからねえ。さあ急いで！　大丈夫ですから！」

レオーネとしては心苦しい気持ちもあるが、このままでは他の多くの生徒があの光に巻き込まれて犠牲になるのは確実。

ミリエラ校長の指示に従う他は無かった。

「行きますっ！」

ミリエラ校長を残し、自分の近くに集まっていた者達だけを異空間に隔離する。

周囲の光景が一変し、真っ黒な何もない空間に。

そうすると――

『ううぅん――ボク……』

シルヴァが抱えていたリップルが、目を覚ました。

「「リップル様……！」」

「あ、みんな……よかった。無事だったんだね――」

シルヴァやレオーネ達の顔を見ると、リップルはほっとした表情を見せる。

「無事かどうかは、これから次第ってトコだ。外はちょっとまずい事になってるぜ？」

レオンに声をかけられると、リップルはぎょっと目を見開く。

「レ、レオン……!? ど、どうしてここにいるの!?」

「ま、それは今は言いっこなしだぜ？」

「緊急事態ですから、手助けを受けています。お目汚しをして済みません、リップル様。事が済めば、速やかに拘束しますので……」

「おいおい人を何だと思っていやがる。せっかく協力してやってるのによ」

「ま、まあまあ。それはいいけど……じゃあ今、相当まずい事になってるんだね？ どうなってるの？」

「リップル様、これに触れてみて頂けますか」

シルヴァは力を込めた魔印武具（アーティファクト）の銃身（じゅうしん）をリップルに差し出す。

「うん――」

リップルはそれに手を触れて――すぐに、自分の変化に気が付いたようだ。

「あ……！　勝手に魔素（マナ）を吸わないっ!?　じゃあボク――！」

「はい、恐らく最後の魔石獣が召喚（しょうかん）されたと思われます」

リップルの異変は、獣人種特有の感応を利用し、獣人種の魔石獣を呼び出してしまうというもの。

獣人種は既（すで）に種として滅（ほろ）んでおり、新たに増える事はない。

つまり魔石獣の数には限りがある。これは、それが尽きた証（あかし）だ。

「そ、そうなんだ――良かった。もうボク、みんなに迷惑（めいわく）かけずに済むんだね……またみんなの天恵武姫（ハイラル・メナス）に戻れるんだ――」

涙（なみだ）ぐむその表情を見ると、シルヴァは元よりレオーネもリーゼロッテも、誇（ほこ）らしい気持ちになる。危険を冒（おか）して頑張（がんば）った甲斐（かい）があったというものだ。

「ですがリップル様、喜んでばかりもいられません」

「あ、そうだよね。何か大変だって――何があったの？」

「はい。最後に呼び出された魔石獣が……虹の王（プリズマー）だったんです」

「えええええっ⁉　ボクの仲間の獣人種が、虹の王になっちゃったの……⁉　そ、そんな――」

「まだ完全体じゃねえようだがよ、それでも俺が見た事のあるどんな魔石獣よりもつええぞありゃ――やっぱ虹の王ってのは次元の違う化物だな」

「そいつはどこにいるの……⁉　早く止めないと！」

「今、この異空間の外の、騎士アカデミーの中で魔石獣が暴れています。校長先生が結界を張って街には出ないようにしてくれましたけど、私達全員を巻き込みそうな攻撃をしてきたので――」

「レオーネの魔印武具の力で、異空間に退避をしたのですわ。結界を維持するために、校長先生は一人で外に残られています」

「ミリエラが……⁉　無茶だよそんな――とにかく、早く戻ってあげよう！」

　リップルの言葉に、シルヴァは強く頷く。

「ええリップル様！　虹の王を倒せるのは、武器化した天恵武姫を操る聖騎士のみ……！まだ修行中の身ですが、お力をお貸し頂ければ僕がやって見せます！　どうかお願いします！」

「シルヴァくん――それは……まだ、ダメだよ」

「ど、どうしてです⁉　僕ではまだ実力不足でしょうか？」

「そういう事じゃないんだ。レオンが言ってたけど、まだ完全体じゃないんでしょ？　だったら別の手で倒せるかも知れない。やれる事は全部やらないと、だよ」

「リップル様も校長先生と同じことを――」

「聖騎士と天恵武姫(ハイラル・メナス)は、地上の人間にとっての切り札。切り札ってのは、そう簡単に切るもんじゃねえんだよ。ま、順調に成長すりゃお前にもそのうち分かる」

「聖騎士を捨てた者が、知ったような口を……！」

「はっは！　違いねえ――！」

「……とにかく、行くよみんな！　レオーネちゃん、元に戻してくれる？」

「はい！　じゃあ、戻ります！」

レオーネが奇蹟(ギフト)の力を解くと、光景が一変。

周囲を結界に覆(おお)われた、崩壊した騎士アカデミーの風景に戻った。

先程(さきほど)、虹の王(プリズマー)が無数の光を放つ前に比べ、より一層校舎は破壊(はかい)され瓦礫(がれき)と化し、地面に抉(えぐ)れた溝(みぞ)がいくつも走っていた。

「ミリエラ！　大丈夫(だいじょうぶ)⁉」

「ああリップルさん――！　いい所に……！　何とか大丈夫ですけど、手伝ってもらえると助かります……！」

ミリエラ校長は無事なようだが、所々に浅手を負っている様子だった。

そしてかなり、荒い息をついている。相当、消耗しているようだ。

が、逆に言えばあの虹の王の激しい攻撃を、これだけでやり過ごしているのは驚異的だとも言える。

「うん任せて――！　ずっとみんなに迷惑かけてた分、今度はボクがみんなを守って見せる……！　それが天恵武姫だから！」

リップルは黄金に輝く銃を両手の内に出現させ、二丁拳銃を構える。

身軽に飛び跳ねるように、ミリエラ校長を護るためにその前に立つ。

そして、虹の王に向き合って注視をして――そして気が付く。

「え……!?　あ、あぁぁ――そんな……っ！　そんな事――」

その大きな瞳に、見る見るうちに涙が溢れて来る。

「リップルさん……？　どうしたんですかあ……っ!?」

「お、親父――あれ、ボクの親父なの……！　虹の雨で獣人種の里が滅びた時に、魔石獣になって……！　そ、それがこんな所に――」

もうずっと、昔の話だ。

リップルがまだ天恵武姫(ハイラル・メナス)になる前の遠い遠い記憶(きおく)。

獣人種の族長だった父親は、虹の雨(プリズムフロウ)に打たれて魔石獣と化してしまった。そして里も滅び、生き残ったのはリップルだけだった。

その時からずっと魔石獣として生き続け、虹の王(プリズマー)にまで変わり果ててしまったというのか——

「え、えぇぇぇっ!?」

「あ、あれがリップル様の父親——!?」

「うん……！　間違(まちが)いないよ……！　あれから……こんなになるまでずっと、世界のどこかでずっと、生き延びてたんだ……」

長い年月の間、多くの者を傷つけたはず。多くの命を奪(うば)ったはず。

いったいどれ程の罪を重ねて来たのか——

「リップルさん……そんな、なんて残酷(ざんこく)な仕掛け——」

「で、ではリップル様は下がって下さい！　肉親と戦うなんて……！」

ミリエラ校長とシルヴァは、リップルに声をかける。


グオオオオォォォッ！

しかし、虹の王(プリズマー)の方には情けなど無い。

地を蹴ると巨体に見合わぬ恐るべき俊敏(しゅんびん)さで、リップル目掛(めが)けて貫手を突き下ろす。

「いや……！　だから戦えないなんて、甘えるつもりはないよっ！」

リップルは高く宙返りをしながら、虹の王(プリズマー)の貫手をかわす。

同時に両方の銃を下に向け、虹の王(プリズマー)の手に銃撃(じゅうげき)を浴びせる。

虹色の表皮になっている部分はリップルの銃撃を弾(はじ)いてしまうが、まだそうなっていない不完全な部分には、銃撃が突き刺さって傷を穿(うが)つ。

結果的に、リップルの銃撃で下に圧(お)された貫手は、地面に深く突き刺さる。

「今ッ！」

リップルは虹の王(プリズマー)の腕(うで)から肩に、猫(ねこ)のような身軽さで駆け上がる。

「親父だからこそ、ボクが――！　完全体にならないうちに……！」

その首元に銃口を向け、光弾(こうだん)を連射する。

首の付け根のまだ不完全な表皮に傷がつき、深く抉れていく。

しかし同時に傷口の再生も始まる。

手を休めれば、すぐに塞(ふさ)がってしまうだろう。

「傷が再生する……⁉　だけど、ボクの攻撃が上回れば――――！」

リップルは連射の速度を速め、全力で撃(う)ち込み続ける。


グオォォッ！


邪魔者(じゃまもの)を打(う)ち払おうと、地面に刺さっていない方の手がリップルに伸(の)びる。

「もらわないからっ！」

伸びてきた腕を、華麗(かれい)な身のこなしで避ける。

凄(すご)いのは、虹の王(プリズマー)の首回りに張り付いて離れない事だ。

右に左に避け回りながら、狙った一点に銃撃を浴びせ続ける。

そのため、傷の再生速度にリップルの攻撃は負けていない。

傷が大きく深く、広がって行く。

「か、華麗だ……！　流石(さすが)は天恵武姫(ハイラル・メナス)――――！」

シルヴァはその姿に、目を奪われる。

連続した銃撃が、首元の傷をどんどん抉っている。

もしかしたら、このまま首を落とせるかも知れない――――

「……これはまだ、完全体じゃない！　ボクの攻撃も通じる……！　みんなも撃って！」

リップルは周囲に指示をする。

この傷口を一斉攻撃し、首を落とし切る！

「はいっ！　リップル様！」

「ああ任せろ！」

シルヴァもレオンもリップルを支援するべく魔印武具を構える。

レオンは、壊れた鉄手甲の魔印武具の代わりに、短剣の魔印武具を取り出していた。

だが一斉攻撃の前に――魔石獣の体の表面に、無数の光点が出現した。

あれは先程全周囲を薙ぎ払った、広範囲の攻撃だ。

「リップル様！　これが、先程僕達が避難した攻撃ですっ！」

「――！　ミリエラとボク以外は、異空間に退避して！　レオーネちゃんお願い！」

「はいっ！」

リップルの指示にレオーネは頷き、魔印武具に力を込める。

「分かりました！　行きますっ！」

リップルとミリエラ校長を残し、他の者達の姿が異空間へと消える。

「ミリエラ！　フォローは出来ないけど何とか凌いでね！」

「ええ……！　頑張りますよおっ！」

魔石獣から、無数の光線が発せられる。

それはミリエラ校長の張った結界内を縦横無尽(じゅうおうむじん)に荒(あ)れ狂(くる)う。

虹の王(プリズマー)の間近にいるリップルには、特に大量の光線が降り注ぐ事になるが――

「……避けて見せなきゃ！」

ただ避けているだけでは、虹の王(プリズマー)の首筋の傷の再生を許す。

避けながら、銃撃を撃ち込み続けることが必要だった。

前後左右の、あらゆる方向から迸る光線。しかも虹の王(プリズマー)の動きで射角も変わる。

リップルは身を捻り、あるいは飛び跳ねながら、その光線を浴びない位置に身を置き続ける。当然手に持つ二丁拳銃の射角はずれてしまうが、問題ない。

人間の姿の天恵武姫(ハイラル・メナス)にも、次元を飛び越(こ)える魔印武具(アーティファクト)のような特別な力がある。

エリスならば、遠く離れた位置に斬撃を繰り出す事が出来る。

リップルならば、銃撃でそれが出来る。

そうそう長い時間続けられるものではないが――

回避(かいひ)を続けながら虹の王(プリズマー)の首筋の傷に、空間を超(こ)えて銃撃を送り込み続けた。

やがて、光線の嵐(あらし)が止(や)んで――

「よし……！　このまま──！」

直接銃撃に切り替えて、攻撃を続行する！

と思ったが──

不意に魔石獣の傷口が七色に輝き始め、あっという間に傷口が埋まってしまった。

「……!?　うそ……！　傷が治っちゃったの!?」

虹の王として完全な、虹色の表皮の面積が増していた。

修復された傷の部分は、虹色に輝いている。

「こ、こうしている間にもどんどん強くなっていますよお……！　どんどん完全体に近づいてます！」

「でも……！　でもまだ不完全な部分もある！」

諦めずそこを狙って、攻撃を続けるしかない。

グオオオォォォオッ！

再び虹の王がリップルに向けて突っ込み、攻撃を繰り出してくる。

「──!?」

先程よりも、さらに動きが速い！

「くっ……！」

それでも避けて、虹の王（プリズマー）の腕に飛び乗ろうとするが――

がしっ！

その動きを見切られていたか、素早（すばや）く伸びた逆の手が、リップルの身を捕（と）らえていた。

虹の王（プリズマー）は捕らえたリップルの体を、力任せに握（にぎ）り潰（つぶ）そうとした。

「――うあああぁぁぁっ……⁉」

その巨体による剛力（ごうりき）でリップルの全身の骨が軋（きし）み、思わず悲鳴が口から洩（も）れる。

「リップルさんっ⁉」

ミリエラ校長は、再びのあの光線をやり過ごしていた。

「ミ、ミリエラは結界に集中しなきゃダメだよ……！　ボクは大丈夫だから……っ！」

虹の王（プリズマー）を結界の外に出す事だけは、避けねばならない。

「で、ですが……！」

「大丈夫……！　天恵武姫（ハイラル・メナス）はそんなにヤワじゃないから……！」

天恵武姫（ハイラル・メナス）の体の耐久力（たいきゅうりょく）は、普通（ふつう）の人間とはまるで違（ちが）う。

普通ならば致命傷（ちめいしょう）になるような怪我（けが）を負っても、時間を置けば治癒（ちゆ）し、再生する。

リップルも過去、両腕（りょううで）が消滅（しょうめつ）する程（ほど）の怪我をしてもやがて再生したという経験がある。

人が魔印武具（アーティファクト）になるというよりも、魔印武具（アーティファクト）が人の姿を取っているだけなのだ。

だから、人の体の常識は通用しない。
どこまでの攻撃を受ければ自分が死ぬのか、リップルにも分からない。
このまま体中の骨をバラバラにされても、恐らくそのうち治るだろう。
天恵武姫としての長い戦歴で、肉体的な痛みは経験し尽くして、慣れている。
それに、体の痛みよりもっと痛いものがある事も分かっている。
だから、この程度ではへこたれない――！
「このおぉぉおっ！」

バシュウウゥゥッ！

リップルを捕らえる虹の王の手の内から、光が漏れこぼれる。
リップルは巨大な手に握り潰されながらも、銃は離さず、力を溜めていた。
準備に時間はかかるが、強い一撃を放つ事が出来るのだ。
圧力に耐えながら、力を溜めていたのである。
それを、手の中で炸裂させたのだ。
自分もその攻撃の余波を被る事になるが、天恵武姫の耐久力頼みだ。

グオォォォッ！

攻撃に驚いたのか、虹の王の手の力が緩む。

「親父のくせに娘を本気で潰そうなんて、酷い事するよねっ！」

その隙に体をすり抜けさせ、大きく後方に飛んで抜け出す。

だが、着地の時点で足に激痛を覚える。

「っ……!?」

上手く着地できずに、転んで倒れてしまう。

「リップルさん！」

「うう……足の骨がおかしくなっちゃったか――まっずいなぁ……」

これでは素早く動き回ることは出来ない。

その時、異空間に退避していたレオーネ達が戻って来る。

負傷したリップルを見たシルヴァが、血相を変えて駆け寄って来る。

「リップル様、足を……！　大丈夫ですかっ!?」

手を貸して、リップルを立たせてくれようとするが――

「……！　おい気をつけろ！　奴が……！」

レオンの警告が鋭く響く。

虹の王は再び、リップルを捕らえようと突進して来ていたのだ。

「くっ……！　お怪我をされているリップル様を狙うなど、許さんっ！」

シルヴァはその前に立ち塞がろうとするが――

「ダメッ！　シルヴァくん、どいて！」

リップルはそれを突き飛ばして、自分が虹の王の攻撃に臨む。

リップルと同じ攻撃をシルヴァが受ければ、命は無いだろう。

特級印を持つ聖騎士候補のシルヴァは無論強いが、あくまで生身の人間でもある。

体の耐久力という点では、天恵武姫とは比較にならない。

「っ！　ううううう……！」

再び虹の王に体を掴まれ、強烈に締め上げられる。

今度は悲鳴を上げずに、耐える。

こうしているうちに、他の者が打開策を探る時間が稼げれば、それでいい。

「貴様っ！　リップル様を離せ！」

シルヴァはリップルを握り潰そうとする拳に向けて、魔印武具の火炎弾を撃ち込む。

だがシルヴァの焦りをあざ笑うかのように、虹の王は逆の手でそれを叩き落としてしまう。

「くっ……！」

背後の方で、声がする。

「おいミリエラ！　ここからどうする!?　未完成とは言え、やっぱり虹の王はとんでもねえぞ……！」

「そ、そうですね——撃破は一度後回しにして、何とか郊外に誘導しましょう！　人里から遠く引き離せば、どこかへ去って行く可能性もあります……！」

「分かった！　ところでイングリスちゃんはどうしたんだよ!?　あの子なら、何かやらかしてくれそうなんだがな……！」

「王城で、国王陛下の守りに付いています！　あちらが落ち着けば、駆けつけてくれると思います……！」

「なるほど！　なら余計に、時間をかける作戦の方がいいな！」

ミリエラ校長とレオンに、シルヴァは異を唱えた。

「待って下さい！　そんな事をしていたら、進路の街に多大な被害が出ます！　リップル様に武器化して頂いて、この場で決着をつけるべきだ！　それに何を悠長に話しているんです！　早くリップル様をお助けしないと！」

「天恵武姫（ハイラル・メナス）はそんなにヤワじゃねえ……！　まだ大丈夫だ！」

「だからと言って、あんなに華奢で可憐（かれん）な方を……！」


バシュウウゥゥッ！


再び虹の王（プリズマー）の手の内でリップルの力を溜めた銃撃が爆発（ばくはつ）。

緩んだ手の内から、その体が飛び出す。

今度は着地の姿勢を取る事も出来ずに、リップルは直接地面に落ちた。

「リップル様！」

シルヴァはすぐさま駆け寄って、助け起こす。

「だ、大丈夫大丈夫（だいじょうぶ）──」

苦しそうに言って咳（せ）き込むリップルは口から血を吐（は）いていた。

「!?　リップル様、血を……!?」

「あー。アバラの骨が変な具合に折れたかなあ……でも平気だよ。天恵武姫（ハイラル・メナス）はタフだからね……」

「そんな――も、もう無茶はなさらないでください！」

「いや……！　あいつを街の外に誘導するんでしょ？　ボクが囮にならなきゃ――」

よろめきながら立ち上がろうとするリップルの脇を、レオンが通り抜けて前に出た。

「少し休んでな！　囮には俺がなってやる！」

「お、お願い……！　少しだけ休んだら、ボクが……！」

リップルは再び、地面に膝を着いてしまう。

シルヴァはその肩をグッと掴む。

「リップル様……！　お願いします――！　武器に姿を変えて、僕にお力をお貸しください！　あれを王都の外まで誘導するなんて無茶です！　この状況を覆すには、リップル様の真のお力をお借りするしかありません……っ！」

「ダメ――！　それはダメ……！　まだやれる事があるんだから――！」

リップルは即答で首を振る。

「しかし！　リップル様がそんなにも傷つく姿を見たくありません……！　僕は子供の頃にリップル様に命を助けて頂いて以来、いつか共に戦えるように修練を積みました！　頂いた言葉の通り、強くなったつもりです！　今こそその力を使う時でしょう⁉」

「……シルヴァくん――あの小さい子がこんなに立派になるなんて、時間が経つのは早いなあ……ボクも年取っちゃったよね」

「では、僕に力を貸して下さい！　命を救われたお礼に、天上人(ハイランダー)に利用され肉親と戦わされるあなたの、心を護りたいんです……！」

「シルヴァくん……でもね、でも――うぁっ⁉」

リップルの体の内側から、太陽のように眩(まばゆ)く輝(かがや)く光が発せられる。

これは天恵武姫(ハイラル・メナス)の武器化が始まる兆候である。

「う、うそ……⁉　ボクはやろうとしてないのに……⁉」

天恵武姫(ハイラル・メナス)の武器化は、天恵武姫(ハイラル・メナス)と特級印を持つ聖騎士との意識が合わないと出来ない。

つまりシルヴァがいくらその気でも、リップルにそのつもりが無ければ、武器化は発生しないはず――

それがシルヴァの意思に引きずられるようにして、発生しようとしていた。

「――！　おいリップル、止(よ)せ！　諦めるにはまだ早いだろ⁉　しかも、そんな若いのを……！」

リップルの体から発せられる光に気づいたレオンは、焦った様子で制止をする。

「だ、ダメなの……！　ボクの意志じゃない――！　この子に引きずられる……ッ！」

リップルにとっても、初めての事だった。

天恵武姫(ハイラル・メナス)の武器化は、使い手たる聖騎士との意志の統一が重要だ。

心を一つにする必要がある。

だから、リップルが望まなければ、それは発生しないはず――だと思っていた。

どうしてこうなるのだろう？

シルヴァはまだ何も知らないから、純粋(じゅんすい)にリップルの力を願えるからだろうか？

シルヴァがリップルの事を物凄(ものすご)く強く尊敬し、リップルもそんなシルヴァの事を微笑(ほほえ)ましく思って、つまり、お互(たが)いの心の距離(きょり)が近いからだろうか？

リップルが心の底では、虹の王(プリズマー)になってしまった父親を、早く解放してあげたいと願っているからだろうか？

多分、一つではない色々なものが合わさって、シルヴァの意志に引きずられる。

「あああぁぁっ――――！」

もう、止められない――！

リップルの体はますます輝きを増し、最高潮まで達すると、その体はもはや少女のそれではなく――黄金の煌(きら)めきに包まれた、双銃身(そうじゅうしん)の長銃(ちょうじゅう)と化していた。

「感じる……凄(すさ)まじい力だ、これは――！　これなら何だって倒せる……！　たとえ虹の王(プリズマー)でも……！」

シルヴァは興奮をした表情で、リップルが変化した黄金の銃を強く握りしめる。

「いかん……！　おい止せ！　すぐに放せ！」

「シルヴァさん！　冷静になって下さい！　力に身を任せてはいけません！」

レオンとミリエラ校長は非常に緊迫した様相である。

だがその理由が、見ているレオーネには全く分からない。

リップルが武器化して、虹の王を倒せるのならば、それでいいと思うのだが――

シルヴァの主張していた通り、虹の王を王都の外に誘導など難しい。

それをすれば、大きな被害が出るだろう。

時間をかけて住民の避難誘導をしながらならば、人的被害は抑えられるかも知れない。

だが、進路上にある民家や商店などの建物は無事には済まないだろう。

それを守るのも騎士の務めであると思える。

そう言う意味で、レオーネとしてはシルヴァの主張に賛成するところは大きい。

大きいのだが――

「……綺麗な光ですわ。あれが、わたくし達の守り神たる天恵武姫の真のお力――」

リーゼロッテは純粋に、目の前の光景に釘付けになっているが――

「え、ええ――でも何だか……」

レオーネには、妙な不安感も感じられる。

神々しく、美しい光のはずなのに、何故だか怖い。

理由を説明できないが、そう感じるのである。

「調子に乗るんじゃねえ！　そいつはお前にはまだ早いんだよ――！」

レオンがシルヴァから、リップルが変化した黄金の銃を取り上げようとする。

「リップル様は僕の意志に応じて下さったんだ！　僕がやる、どいてくれっ！」

シルヴァはレオンを振り払う。

その力は普段よりも遥かに増しており、レオンを簡単に弾き飛ばしてしまう。

「す、すごい――やはり天恵武姫は僕達を御守り下さる女神だ……！　桁が違う！」

確信を持って頷くと、銃口を虹の王へと向ける。

「リップル様のお父上――同情はしますが……リップル様と共に、この僕があなたを討たせて頂こう！」

「ちいいぃぃ……っ！　だから止めろって言ってんだろ！」

立ち上がったレオンは、虹の王への射線上に立ち塞がった。

「馬鹿な……!?　邪魔をしないでくれ！　さもなくば虹の王ごと撃つことになる！」

「嫌なこった！　ならお前が銃を下ろしな！」

「できない相談だ！　ならば、もろとも——！」

銃口に膨大な、太陽のような強烈な光が収束して行く。

「！　いけません、シルヴァさん！」

「何故です⁉　裏切り者レオンを同時に仕留められるなら、一石二鳥でしょう⁉」

「ま、待って下さいシルヴァ先輩！」

レオーネも思わず、声を出していた。

本来敵対関係のレオンが、ああまで強硬に止めようとするのには、理由があるはず。

直観的に感じた不安感も、それを後押ししていた。

グオォォォッ！

様子を窺っていた虹の王の体に三度浮かぶ、無数の光点。

全周囲を薙ぎ払う光線がまた来る——！

「いけない！　レオーネさん、退避を！」

「は、はい……！」

と、レオーネが応じた瞬間——

バギイイインッ！

何かが割れるような、高い音。
ミリエラ校長が展開していた結界が、破壊されたのだ。
その音と同時に、シルヴァの懐に、ふっと歪んだような影が滑り込んでいた。

ドゴオォッ！

「ぐうっ……!?」
シルヴァが白目を剥いて、その場に倒れた。
リップルが変化した黄金の銃も、手から滑り落ちて――
元の獣人種の少女の姿に戻る。
その瞳は、驚きに見開かれている。
視線の先は、シルヴァを気絶させた犯人に向いている。
つまり、綺麗な肘打ちを決めた姿勢のイングリスに。

「い、イングリスちゃん……!?」

「……どうやら間に合ったようですね」

イングリスはにこり、と笑(え)みを浮かべる。

「い、いやどこが……!? 何が!? 味方を攻撃(こうげき)して、無理やり出番を奪ったようにしか見えないんですけど……!?」

上に浮かぶ機甲鳥(フライギア)に残ったラフィニアは、吃驚(びっくり)して目を見開いていた。イングリスの行動が予想外だったようだ。

「あははは……シルヴァ先輩、可哀(かわい)そうだわ——」

「で、ですわねえ……」

レオーネとリーゼロッテも唖然(あぜん)としている。

「いや、それでいい! よくやっ——」

「……たとも言えませんよお……っ! 私の結界を壊(こわ)さないで下さあぁぁぁいっ!」

「いけない、撃たれるよ……！　ミリエラ、もう一度結界を！」

「ダメです！　ま、間に合いませんっ！」

虹の王(プリズマー)がこのまま周囲に光線を撒(ま)き散(ち)らせば、周囲の市街地にも大きな被害が出るだろう。もう、発射の寸前だ。

「では、わたしが責任を取ります！」

言いながら、霊素殻(エーテルシェル)の青白い光に包まれたイングリスは、既(すで)に虹の王(プリズマー)の懐に入り込んでいた。

「はあああぁぁぁあっ！」

ドゴオオオォォォンッ！

手加減無しの全力の蹴(け)りを叩き込むと、異常なまでに大きな打撃音(だげきおん)がその場に轟(とどろ)いた。

虹の王(プリズマー)の小山のような巨体(きょたい)が、ラフィニアの機甲鳥(フライギア)がいる高さも超えて、打ち上がって行く。

だが、見えない場所まで飛んで行ったイーベルに比べれば、飛距離(ひきょり)は全く出ていない。

しかも、吹(ふ)き飛ばされながらも空中で姿勢を整え、こちらを見ている。

さしたるダメージを受けていない証（あかし）だ。

流石は未完成とは言え、最強の魔石獣たる虹の王（プリズマー）である。

それでこそ、期待していた甲斐（かい）があるというものだ。

「おおおぉぉっ⁉　虹の王（プリズマー）を蹴り飛ばしただと――⁉」

「な、何て力……！　こ、これだけでも信じられませんよぉっ⁉」

「でも――向こうも止まってない！　撃って来るよ！」

リップルの指摘（してき）の通りだ。

虹の王（プリズマー）の体表の無数の光点は消えず、攻撃は止まりそうになかった。

「おもしろい……！　さあ撃って来なさい！」

イングリスは虹の王（プリズマー）を手招きする。

それが通じたのかは分からないが、虹の王（プリズマー）の全身から七色の光線が放たれた。

「う、撃った……！」

「ま、街が――⁉」

「た、大変な事に――っ⁉」

声を上げる皆（みな）は上を見上げていて――

イングリスの姿が掻（か）き消（き）えている事に気が付いていなかった。

異変に気が付いたのは、虹の王が撃った光線が、急にガクンと射角を変えた時だった。

地上に着弾して大きな被害をもたらすはずが、真上に撃ち上がって行ったのだ。

「おおっ⁉　光の角度が変わっただと……⁉」

それも一つではなく、二つ三つとどんどん増える。

「な、何かが動いて……⁉」

「イングリスちゃんだ！　イングリスちゃんがあいつの光線、殴ってる！」

リップルの言う通りだ。

イングリスは虹の王の光線に全速力で先回りし、殴り飛ばして強引に軌道を変えていたのである。叩き落とすでなく、叩き上げているのだ。

最初に虹の王を蹴り上げたのも、そのためだ。

空中に浮いている以上、全身から全方位に攻撃を放てば、その半分は空に逸れて意味を成さなくなる。

残り半分、かつ角度的に郊外まで飛んで行くようなものを無視すれば、全部打ち上げて無効化するのは決して出来ない相談ではない。

――あくまでイングリスの感覚では、だが。

「全て空に、消えなさい！」

ドガガガッ！　ドガガガガガッ！

虹の王の光線は悉く軌道を変えて、美しい七色の打ち上げ花火となって王都の上空に消えていく。

「いいわよクリスーーっ！　その調子！」

「は、速い……動きが見えないわ――――！」

「あははは――凄過ぎて笑えて来ますわね……あー空が綺麗ですわ」

しかしこれも、見ている程は楽勝と言うわけでもない。

光線の一発一発はかなり重く、確かな手応えをイングリスに伝えて来る。

一つ一つに全力の打撃を加えなければ、弾き返すのは難しいだろう。

いくつもの攻撃を弾き返した今、手や足に痺れが残っている。

だが、この痺れ、手応え。それがいい。

確かな相手の強さの証。それでこそ戦い甲斐があるというもの。

「……素晴らしいですね！　これならば――」

研究中の新技を試す相手に、相応しい！

光線を放ち終えた虹の王(プリズマー)は、重力に従って下に降りてくる。

その軌道は、見ていれば容易に判別できる。

いかに虹の王(プリズマー)といえど、重力は避(さ)けられない。

空中を狙(ねら)う攻撃は、容易に避けられる事はないだろう。

――絶好の機会!

イングリスは霊素殻(エーテルシエル)を解き、身に纏(まと)う霊素(エーテル)を集めて一点に凝縮(ぎょうしゅく)して行く。

――霊素弾(エーテルストライク)の前準備だ。

青白い霊素(エーテル)の光がどんどん膨(ふく)らみ、巨大(きょだい)な光弾と化して行く。

そこに、ミリエラ校長から声がかかる。

「イングリスさん! 虹の王(プリズマー)の腹部に緑色の光が見えますか!? あそこにユアさんが取り込まれています! 何とか助け出して下さい!」

「ユア先輩が――? 分かりました……!」

貴重な手合わせの相手を、こんな所で失うわけにはいかない――!

「行けっ!」

スゴゴゴオオオォォォォォーーーーッ!

霊素の光弾が空中を疾走し、虹の王を捉える。

虹の王は両腕を交差した防御の構えを取り、霊素弾を受け止めようとする。

下級の魔石獣のように一瞬で消滅する事も無く、黒仮面のような異次元の技巧で逸らしてしまう事も無い。イングリスの力を真っ向から、受け止める形だ。

――それを待っていた！

「ふふふ……！」

イングリスの瞳がギラリと輝く。

即座に飛び出せるよう、腰を落として構えるが、肝心の霊素がまだ収束しない。

霊素穿のような小技はともかく、霊素弾のような全力の大技は、連射する事は難しい。

次の霊素の戦技を繰り出せるようになるまで、若干の間が必要となるのだ。今全力でその間を縮めようと、力を集中している。

そんな中、見ている周囲から声が飛ぶ。

「お、おお……効いてるぜ、あれ――！」

「は、はい……！　虹色の表皮の部分も傷ついていますよお！」

「で、でも不思議――！　すっごいはずなのに、ボクにも強さがよく分からない……！」

「いけえええええっ！　そのまま吹き飛（と）ばしちゃえ！」

「いけるわ！　あれなら！」

「ええ、きっとそうですわ！」

しかしイングリス当人は、こう声を上げた。

「ダメーーっ！　頑張（がんば）って！　粘（ねば）って！　堪（こら）えて！」

「「「はあ⁉」」」

皆意味が分からず、思わずイングリスを見る。

その体が、霊素殻（エーテルシエル）の青白い光に覆（おお）われた。

今この瞬間、次の霊素（エーテル）の戦技が使えるようになったのだ。

「よし……！　これなら――――！」

すかさず地を蹴る。

虹の王（プリズマー）とのせめぎ合いを続ける霊素弾（エーテルストライク）の光弾の後を追い、イングリス自身も同じ軌道で虹の王（プリズマー）へと突進する。

そして光弾と重なるように、自分も全身全霊（ぜんしんぜんれい）の拳打（けんだ）を繰り出す！

「行けえええええええええっ！」

その拳は虹の王（プリズマー）の腕（うで）を破壊（はかい）し体を貫通（かんつう）し、大穴を開（あ）けた。

――その直後。

スゴゴゴオオオオォォォォォォォォォンッ！

巨大な霊素の爆発が、超新星のように王都の街を眩く照らした。

今のが研究していた新しい技。霊素壊とでも言った所か。

霊素弾の光弾に霊素殻を発動して追いつき、着弾点に同時打撃を加える事で、相乗効果により破壊力を爆発的に引き上げる戦技だ。

恐らく、通常の霊素弾の数倍の威力にはなっているはず。

前世のイングリス王の経験を通じても、過去最大威力の技である。

ただ技の構成上、初めの霊素弾を相手がある程度受け止めて堪えてくれないと、後発の霊素殻の打撃が間に合わないという難点がある。

霊素弾の発射後に、少し間をおかないと霊素殻が発動できないからだ。

もっと霊素の扱いに熟達すれば、それも改善していくだろうが。

ともあれこの技の開発を以てして、もはや十分に、イングリス・ユークスはイングリス王の強さを超えただろう。

瞼を焼くような強烈な光が収まると、皆唖然として何もない空を見つめていた。

「え、ええと……な、何もありませんねえ――」

「う、うん……虹の王が跡形も無くなっちゃったね――ま、まだ完全じゃなかったとはいえ……」

「す、すごいわよクリス！　今のが言ってた新技ね……ホントに過去最大威力だわ！」

「で、でも――ユア先輩は……!?」

「そこは大丈夫ですよお、レオーネさん！　ユアさんを覆った防御壁はまだ健在です！」

「そうなんですか!?　じゃあ――」

「ユア先輩は無事ですのね!?」

「はい、きっとそうですよお！」

ミリエラ校長が声を弾ませる中――

「ふう――今日はいい汗かいたなあ……」

爽やかな笑みを浮かべるイングリスが、戻って来る。

――両手に、気を失ったユアを抱えて。

「イングリスさん！　ああ良かったあぁ……！　よくやってくれました！」

「ナイスイングリスちゃん！　最高だよっ！」

「本当に良かったわ……！　一瞬、ユア先輩ごと消滅したのかと――」

「よく助けられましたわね……！」

「うん。虹の王(プリズマー)の体を貫(つらぬ)きながら引き抜(ぬ)いて来たんだよ」

「やったわね、クリス！　これで食堂の食べ放題も延長よ！」

「――という事でいいですか？　校長先生」

「え、ええ勿論(もちろん)ですよぉ……！」

とミリエラ校長は頷いた。

「やったぁ！　任務達成よクリス！」

イングリスとラフィニアは、ぱちんと手と手を重ね合わせる。

「うん。いっぱい戦ってお腹(なか)空いたし、早速(さっそく)何か食べようよ」

「そうね！　そうしよ！」

そこで、イングリスもラフィニアも初めて気が付く。

「あれ……？　食堂は？」

「吹き飛んじゃいました。再建が終わったら、お腹いっぱい食べて下さいね――」

「「うあああああああぁぁぁぁぁぁぁぁっ!?」」

それは、どんな強敵を目の当(ま)たり(あ)にした時よりも、恐怖(きょうふ)と絶望に満ちた悲鳴だった。

そしてイングリス達が騒いでいるうちに、レオンの姿はどこかに消えてしまっていた。

数日後――

大急ぎで修復が進む騎士アカデミーだが、その作業の合間に、イングリス達は門前に出て見送りをする事になっていた。

誰を見送るかと言うと、リップルとセオドア特使である。

二人は再び、隣国ヴェネフィクとの国境付近の戦線に戻るのだ。

ミリエラ校長が使いに出したラティとプラムから状況を知らされたセオドア特使は、大急ぎで引き返して来てくれたのである。

だが、到着したのはあの戦いが終わった日の深夜だった。

しかし決して無駄足というわけではなく、特使の名において、リップルの身に異変は起きず、正常であると宣言。

今後もリップルが天恵武姫としてこの国に残る事が出来るよう、カーリアス国王と折衝して認めさせてくれたのである。

カーリアス国王としても、天上領の教主連合が王国からの献上と関係改善の願いを受け付けなかったため、そうする他は無かったと思われる。

騎士アカデミーの行動もセオドア特使のおかげで不問とされ、事後の処理を実にスムーズに行ってくれたと感じる。

おかげで、イングリス達は訓練がてらのアカデミーの校舎再建に専念できているのだった。

寮は無事だったので寝る所はあるが、食堂が潰れてしまったのは第一級の非常事態である。早く再開してもらわないと、お腹いっぱい食べられない。

なのでイングリスとラフィニアは、実に積極的に工事の手伝いを行っていた。

「みんなありがとね。ホントにお世話になっちゃって。おかげでボク、また聖騎士団に戻れるよ。本当にありがとう」

リップルは見送りに来た面々に向けて、深々と頭を下げた。

「しかし、もう復帰されるとは早過ぎませんか？　もう少し傷を癒されてからでも――」

と、シルヴァは少々複雑そうな顔をする。

天恵武姫のリップルの体は特別で、ラフィニアの治癒の奇蹟の力も通用しなかった。

つまり、自然回復に任せるしかない。

確かに、人並み外れた回復力ではあるのだろうが――

「大丈夫大丈夫！　この通り――！」

と、胸をドンと叩いて見せるが――

「うっ――!?　あいたたた……やっぱまだちょっと痛いや」

「ご無理をなさらないで下さい！　もう少しこちらに滞在して療養された方が――」

「いやいや。何日かかかるから、向こうに着いた頃には治ってるよ。それに、セオドア様が前線に戻るのに護衛がいるでしょ？」

「……結局何もお力になる事が出来ずに、申し訳ありませんでした。自分の未熟さを痛感しています」

伏し目がちのシルヴァに、ラフィニアは慰めの言葉をかける。

「いやー……あれはクリスが不意打ちして無理やり出番を奪ったから――シルヴァ先輩は悪くないような……」

「いやいや、本来なら武器化した天恵武姫を握った聖騎士は天下無敵のはず……それが昏倒させられるなど、僕が未熟だった事に他ならない。リップル様に問題などあろうはずがないのだから――」

「いやいやいや、味方に肘打ちするうちのクリスが悪いんです。本当にごめんなさい、代わりに謝ります。強敵を前にすると止まらないんです」

「いやいやいやいや――」

と、何だか不毛そうなやり取りを眺めていると、リップルにちょいちょい、と袖を引かれた。

「はい、何か？」

「イングリスちゃんイングリスちゃん――」

「……気づいた？　武器化した時の事――」

こっそりと、イングリスだけに聞こえるような耳打ちである。

「ええ……穏やかではないですね。ですが納得は行きます。何故、あれほど強力な力が地上に遣わされるのか――」

「……うん。そうだね。じゃあ気づいて止めてくれたんだね、ありがとうね」

「いえ、一石二鳥でした」

シルヴァから虹の王を横取りして、自分が戦いたかったのも偽らざる事実である。

「ははは……イングリスちゃんらしいなあ」

「ですが、分からない事もあります。血鉄鎖旅団の天恵武姫――システィアさんが武器化するところも見たのですが、彼女はリップルさんのような感じではありませんでした。何の副作用も無い感じでしたが……」

「えええええっ!?」

リップルはとても驚いたらしく、大声を上げてしまっていた。

「どうしたのよ、クリス？」

「何かありましたか？　リップル様」

ラフィニア達がこちらを向く。

「あ、いや何でもない何でもない――それよりシルヴァくんは、体の方は大丈夫なの？」

「ええ。大きな問題はありません」

「そっか。よかったよかった。健康第一、だからね？　健康な体があってこそ、もっと強くなれるし、なりたい自分になれるようになるんだよ」

「はい！　もっと訓練を重ねて、必ず正式な聖騎士になって見せます！」

「うん。決して無理はしないようにね？」

シルヴァの肩をポンと叩くと、リップルは再びイングリスに耳打ちする。

「さっきの話――みんなには黙っておいてね？　聖騎士が正式にそうなる時に、知らされることになってるから――」

「……はい、分かりました」

と、ミリエラ校長と話をしていたセオドア特使の方も話が終わり、リップルを促した。

「では参りましょう、リップル殿。ウェイン達の前線も気になります」

「はーい！　じゃあね、みんな！　また王都に戻ったら、顔見に来るからっ！」

リップルとセオドア特使は、特使専用の大型機甲鳥へと搭乗する。

「皆さん、今回は本当にありがとうございました。皆さんのような騎士候補がいて下されば、この国の未来はきっと明るいと思います」

セオドア特使は騎士アカデミーの面々に対し、深々と頭を下げる。

「後は私達に任せて、修練に励んでいてください。いずれ、皆さんがこの国の未来を担う時が来るまで……それでは――」

その慈愛に満ちた笑顔が、どうしてもラフィニア個人に向けられているように見えたので――イングリスはすっとラフィニアの前に立って、その姿を隠した。

「ちょっとクリス。見えないいんだけど――？」

「子供は見ちゃいけません」

「何を言ってるのよ、そんな卑猥なものみたいに……」

「そうじゃないとは言い切れない！」

小競り合いをしているイングリスとラフィニアを見て、リップルは可笑しそうに笑っていた。

「ふふふっ。じゃあね、みんな！　またね～！」

明るく手を振るリップルの笑顔が、機甲鳥に乗って空に遠ざかって行った。

番外編 ◆ 芸術伯

ぐ～～！

きゅ～～！

「「はあ……」」

建築資材を運ぶイングリスとラフィニアは、同時に大きくため息を吐いた。

現在、騎士アカデミーの崩壊した校舎の再建を、全生徒で手伝っているのだが――

「「お腹が空いて、力が出ない――」」

嘆きながらも、山盛り抱えて運んで来た木材を資材置き場に降ろす。

どさどさどさどさっ！

こんな状況でも、イングリスは一人で十人分くらいは荷物を運んでいた。

「力が出なくてそれだけ運べれば十分だと思うけど……」

レオーネは半分呆（あき）れ顔（がお）である。

「でももうダメ。動けない」

「あたしもぉ……」

二人してへたり込んでしまう。

「ははは。じゃあちょっと休憩（きゅうけい）ね」

レオーネもイングリス達の側に腰かける。

「はあ……食堂が再開しない限り、これが続くのね――」

「うん。校長先生が配ってくれるお弁当じゃ、全然足りないもんね……」

こういう時頼（たよ）りになるラファエルは遠征（えんせい）中。

イングリスとラフィニアの手持ちのお小遣（こづか）いは、残り少ない。

とても二人分の食費にはならない。

「こんなにひもじいのは、一昨年以来ね～……」

ラフィニアはこてんと転がって、イングリスの膝（ひざ）に頭を預けて来る。

「そうだね――」

イングリスはそれを当たり前のように受け入れる。

孫に甘えられる気分そのものである。

「何があったの？」

「あたし達の住んでたユミルで農作物が不作でね――」

「それで、街の人達も食べ物が少なくて我慢してるから、わたし達も我慢だって――」

「あの時はお父様が鬼に見えたわよね～」

「でも、それは立派なご領主じゃない。自分達から規範を示そうって事でしょう？」

「うん。それは正しいわよ。でも辛かったわ……！」

「ラニは魔石獣を食べようとしたしね？」

「えええぇっ……!?」

「クリスだって一緒に食べようとしたじゃない！」

「わたしはラニの従騎士だから、ラニのやる事には付き合うんだよ？」

「都合の悪い事は人のせいにしようとするんだから」

と、ラフィニアは拗ねて唇を尖らせていた。

「け、結局食べたの……？」

「ううん。滅茶苦茶怒られて、止められたわ」

「うん。そうだったね」

「それじゃあ、その時はお腹が空いても我慢できたのね？　じゃあ今回もできるんじゃない？」

「いや——あの時は、そのあとすぐ食べられるようになったから」

「どうやって？」

「賄い付きのアルバイト」

「へぇ……？　どんな？」

「ええと——」

それは、故郷ユミルが飢饉に見舞われた一昨年のこと——
今みたいにお腹を空かせたイングリスとラフィニアはそれでも、ユミルの騎士団の魔石獣討伐に帯同していた。
当時十三歳のこの頃になると、上級印と上級魔印武具を持つラフィニアは完全に騎士団一の騎士となっていたし、イングリスも霊素の力こそ隠していたが、武技の神童として一目置かれていた。

二人の力があてにされていたのだ。お腹が空いたから行かない、とはならなかった。

空腹を抱えたままのイングリスとラフィニアは、ユミル近郊の森の中で、魔石獣に襲われる一団を見つけた。

多数の荷物を抱え、数十人規模の大所帯だ。

いつ魔石獣が出るとも分からない中を旅するのだから、無論自衛の戦力はあるが、その時は現れた魔石獣の数が多く、苦戦をしている様子だった。

イングリスとラフィニアはすかさず救援に入る事にした。

「クリス！　あんまり動くと余計お腹空くし、いつもので一気に片付けちゃお！」

「うん――分かった！」

イングリスは先行して魔石獣の群れに突入。

一団の護衛と交戦している個体を優先して、殴り飛ばしていく。

「お、おおお……っ⁉　魔石獣を素手で殴り倒してる⁉」

「な、なんだ……⁉　何であんな事が出来るんだよ――⁉」

「す、すげえ！　あんな可愛い子が、あんな……！」

護衛の男達の手が止まり、イングリスの動きに目が釘付けになる。

「皆さん離れて下さい！　上から大きな攻撃が来ます！」

　イングリスは周囲に退避を促す。

「お、おう……！」

「わ、分かった……！」

「けど君はどうするんだ……⁉」

「わたしは――」

　と、イングリスが応じた直後――

　頭上から、ラフィニアの放った光の矢の雨が降って来る。

　護衛達の退避を見計らって、間髪容れずの広範囲攻撃。

　お腹が空いているせいか、今日はいつもよりせっかちだ。

「「「うわあああぁぁぁっ⁉」」」

　見ている護衛達から悲鳴が上がるが――

　暫くしてその場には、すっかり殲滅された魔石獣の群れと、傷一つ無く平然と立っているイングリスの姿。

「申し遅れましたが、わたしは平気です。ご心配ありがとうございます」

「お、おう……」

「すげえ――」

「に、人間業じゃねえ……！」

そこに、ラフィニアが駆けつけて来る。

「クリス～！　大丈夫だった？　当たってない？」

「うんラニ。平気だよ」

「うんうん。まあ心配してなかったけどね」

と頷いて、護衛達に呼び掛ける。

「こんにちは！　あたし達ユミルの騎士団です。この先も気をつけて下さいね！」

「良い旅を。では失礼します」

と、二人で笑顔を残して、引き揚げようとしたが――

「すんばらしぃぃぃーーっ！　お嬢様方の可憐なるその姿！　吾輩の心に火をつけて頂きましたぞ～～～～！」

中年の細身の男性が、素っ頓狂な声を上げて飛び上がっていた。

そしてすこぶる機嫌良さげにステップをしながら、イングリス達ににじり寄って来る。

「⁉」

正直、ちょっと気味が悪いと言わざるを得ない。

「おっと申し遅れました！　吾輩はこの劇団を率いるワイズマル伯爵と申す者！　どうか

吾輩の話をお聞き下さい！」

「「はあ……？」」

ぐきゅきゅ～～！

イングリスとラフィニアのお腹が、同時に鳴ってしまう。

「おやおやまああ、お腹がお空きでございますか？　では何か用意させますので、食事でもしながらお話を――」

「「……！　はい！　分かりました！」」

イングリスもラフィニアも、迷わず首を縦に振った。

翌日、城塞都市ユミルのビルフォード侯爵の居城――

「ふうむ――芸術伯と名高いワイズマル殿が、我がユミルで公演をな……」

「はぁい！　聞けばこちらは今年は不作による飢饉との事！　そのような時は、住民の皆様の心も荒みましょう？　そういう方々を芸術の力で癒して差し上げる――とまでは大きな事は申し上げられませんが、気晴らしにはろうかと！　ぜひ公演の許可を頂きたく！」

ワイズマル伯爵は、ビルフォード侯爵に対しても甲高い声と、少々大袈裟すぎる身振りを交えて話す。どうやら普段からこういう人らしい。服装も何もかも奇抜だ。

だが見た目の異様さに似合わず、割と名の通った存在のようだった。

劇団を率いて各地を巡り、演劇や歌や踊りなどの舞台を披露しているらしい。

元々は貴族の家柄らしいのだが祖父の代で領地を失い、旅の劇団を率いるようになって二代目らしい。

ワイズマル劇団としては、もう何十年もこのような活動を行っているという事だ。

「うむ。民の楽しみにはなってくれるだろう。そこは是非こちらからもお願いしたい所ではあるのだが――その、ラフィニアとイングリスを舞台に上げるという話だが……」

「ええ、ええ！　いやあ、吾輩の前にお嬢様方が現れた時、吾輩は天使が舞い降りたのかと思いましたぞぉ！　もはや存在そのものが芸術！　是非吾輩の舞台に立って頂きたいものです！　ご領主と騎士団長のご息女という事ですから、ここの住民にも顔が知られておりましょう？　そういう方が舞台に立って下さる事で、より皆様も元気づけられるというものです！」

「う～む……その理屈は分からんでもないのだが――ラフィニアをな……」

ビルフォード侯爵は、ラフィニアが舞台に立つ事に関しては気乗りがしないようだ。

その気持ちは、イングリスにも分からなくはない。

ラフィニアが見世物にされるような気がしてしまうのだ。

「はい！　今回の舞台は歌と踊りです！　可憐なその姿に、人々はきっと魅了される事でしょう！」

「う～む……」

「お父様！　あたしやりたい！　街のみんなを元気づけてあげられるなら！」

しかしラフィニアは乗り気である。

勿論、今口で言っているように街の皆のためと言うのもあるだろう。

しかしそれ以上に、そういう事に純粋に興味があるという少女らしい気持ちがある。

そしてそれと同じかそれ以上に、ワイズマル伯爵が言うには、舞台のための稽古中や公演中は、好きなだけご飯を食べさせてくれるそうだ。

劇団は自分達の食料は潤沢に確保して移動してきており、十分に余裕があるらしい。

つまり、話を受ければお腹が空いて困る事は無くなるのだ。

しかも楽しそうとくれば、ラフィニアが乗らないわけはない。

「ね！　クリスもやりたいわよね!?」

「え……？　ええと――」

イングリスとしては、非常に複雑である。

正直言って、人前に立って歌や踊りを披露するのは気が進まない。

パーティで着飾った時に集中した好奇の視線に耐えられなかったのに、さらに大規模な舞台に立って平気でいられるとは思えない。

何も無ければ断る所だが――お腹が空くのも困るのである。

「うーん……どうしようかな」

「何よおクリスってば、ノリが悪いわね～」

「ほら、父上と母上にも聞いてみないと――」

多分、父リュークはビルフォード侯爵と同じような反応を示すと思われるし、母のセレーナも貞淑で清楚な性格をしている。多分、いい顔をしないだろうと思う。

ラフィニアの母の伯母イリーナは割とラフィニアに性格が似ているので、許可をするかもしれないが。

「うむ。私一人で結論を下すのもな。イリーナやセレーナにも聞かねばならんし、リュークも夜には戻るだろう。ワイズマル殿、結論は明日という事にしてくれ」

「ほーうほう！　承知致しました！」

また変な身振りで、ワイズマル伯爵は笑顔を見せた。

そして夕刻。皆で集まって城での夕食中に、その話になった。

話を聞くと母セレーナは、厳しい顔をしてこう言うのだった。

「クリスちゃん……いい機会よ、絶対にやりなさい！」

「ええええっ⁉」

そう言われるとは思っていなかったので、さすがにイングリスも驚いた。

「お、おいおいセレーナ——本気なのか？　イングリスはそれほど気乗りしていないようだが……？」

父リュークも驚いている。

「ダメです。やらなきゃダメよ！」

「は、はあ……？」

いつも穏やかで淑やかな母らしくない物言いである。

「さっすが叔母様！　話が分かるわ！　ね、お母様。あたしもやってもいいわよね？」

「そうねえ、クリスちゃんがやるなら……ふふっ。女の子だもの、そういう事もやってみたいわよね？　魔石獣と戦うばかりよりもいいかも知れないわ」

「おいおい……魔石獣との闘いは騎士として民を守る崇高な務めなのだぞ」

ビルフォード侯爵が困った顔をする。

「そうですけれど。母親としては着飾ってステージに立つ娘を見て見たくはありますね」

「うむ……そうか、まあイングリスも一緒なら構わないか……」

どうやら、イングリス次第になってきそうだが――

父リュークがイングリスに言う。

「なあイングリス。母さんは乗り気なようだが、断りたければ断っても構わないぞ？　お前はどうしたい？」

「え、えぇと――もう少し考えさせてください」

母はそう言うものの、まだ割り切れなかった。


その日の夜中、屋敷に戻ったイングリスは自室の窓を開けて星を見ていた。

すると、隣の両親の部屋の窓から、室内の二人の声が漏れ聞こえて来た。

「セレーナ。あんなに強くイングリスに言うなんて、らしくなかったんじゃないか？」

「済みません、あなた。ですけれど、イングリスは……あの子はずっと従騎士でいるつもりのようですが、確かにユミルにいるうちは皆あの子に優しくして下さいます。けれどもいずれ王都の騎士学校に出れば、無印者である事で嫌な思いや、辛い思いをする事があるかも知れません――」

「……ああ。確かにその懸念はあるかも知れないな。このユミルでは、伸び伸びとやれているが――」

「ええ。そんな時、他の道も自分にはあるという事をあの子は知っておくべきだと思うんです。だから、これはいい機会だと思います。それで強く言ってしまって――」

「……なるほど。いや、よく言ってくれた。明日になったら、俺からもイングリスに挑戦してみるように勧めてみるよ」

「はい。ありがとうございます、あなた」

そこまでを聞いて、イングリスはそっと窓を閉じた。

どうやら、話を受けざるを得ないようだ。舞台に立つのはやはり気恥かしいが。

そうしてお腹一杯賄いを食べさせて貰いながら歌と踊りを練習し、舞台に立つとそれは大好評だった。

母セレーナは非常に嬉しそうに、優しく見守っていてくれた。

そのおかげか、人前に出て他人の好奇の視線を浴びても、ある程度平気でいられるようになって行ったのだった。

ラフィニアには女の子として一皮剝けたと言われてしまい、それがいい事なのか悪い事なのかは、少々複雑だった。

「へぇ、芸術伯ワイズマル様と知り合いなんだ。そうよね、イングリスくらい綺麗だったら目に止まってもおかしくないわ」

「いい思い出よね！　クリスもすっごい可愛かったし、ご飯も美味しかったし！　まあ横に並ぶとあたしは引き立て役になっちゃったけどね！」

「そんな事ないよ。ラニも可愛かったよ？　わたしもよく覚えてるから」

「ふふ……あ～それにしても、また都合よくワイズマル伯爵がご飯持って来てくれないかしらね～」

「そうだね。今頃何処にいるのかな」

「イングリスさーん！　ラフィニアさーん！」

とそこに、ミリエラ校長が小走りにやって来た。

「はい。校長先生」

「どうかしましたか？」

「王城から、呼び出しです！　どうやらカーリアス国王陛下が、二人にお会いしたいとの事らしいです……！」

「「！」」

イングリスもラフィニアも、同時に同じことを思った。

自国はちょうどお昼時。

話がある。食事がてら。お城の料理。美味しい。

「やったあ！　きっとご飯にありつけるわよ、クリス！」

「うんラニ、美味しそうだね！」

「「じゃあ行ってきます！」」

二人は即座(そくざ)に、王城へと向かうのだった。

あとがき

まずは本書をお手に取って頂き、誠にありがとうございます。

英雄王、武を極めるため転生すの第三巻となります。楽しんで頂けましたら幸いです。

近頃色々と大変ですが、うちの家で言うと一番影響あるのが子供の休校です。

うちの娘は親に似てゲーム好きなので、機嫌良くゲームしてくれていて助かります。

休校がはじまる前にたまたまSw〇tchを買ってあげていたのですが、買っておいて良かったなと。いざステイホームがはじまると、品薄で手に入らないって話も聞きましたし。

『ど〇ぶつの森』でいつの間にか結構立派な島を作っていてびっくりです。

ユーチューブのプレイ動画で攻略情報を得て実践する六歳児凄い……

それでは最後に担当編集N様、イラスト担当頂いておりますNagu様、並びに関係各位の皆さま、多大なるご尽力をありがとうございます。今回もイラスト素晴らしかったです。

また、くろむら基人様によるコミカライズ版も素晴らしいので、まだご覧になっていない方は是非どうぞ！　それでは、この辺でお別れさせて頂きます。

血鉄鎖旅団による襲撃事件の後
改めて国王陛下に呼び出された
イングリスとラフィニア。

そこでイングリスは国の重鎮から直々に
近衛騎士団長にならないかと誘いを受ける。

イングリスの実力と功績を評価しての
異例とも言える人事だが——

**「無印者は従騎士以上の立場に
なれないのがこの国のルール」**

「ルールとは守るために あるのです！」

めんどくさいので、嫌です！

あっさりと誘いを蹴ったイングリスは
その直後に懐かしい人物と再会を果たす。

**それが、
新たな騒動の幕開けになる
とも知らずに……**

英雄王、武を極めるため転生す
そして、世界最強の見習い騎士♀ 4

Eiyu-oh,
Bu wo Kiwameru tame
Tensei su.
Soshite, Sekai Saikyou no
Minarai Kisi "♀".

**2020年
晩秋、発売予定!!!!**

HJ文庫

HJ文庫 http://www.hobbyjapan.co.jp/hjbunko/
886

英雄王、武を極めるため転生す ～そして、世界最強の見習い騎士♀～ 3

2020年7月1日　初版発行

著者――ハヤケン

発行者―松下大介
発行所―株式会社ホビージャパン

〒151-0053
東京都渋谷区代々木2-15-8
電話　03(5304)7604（編集）
　　　03(5304)9112（営業）

印刷所――大日本印刷株式会社

装丁――BELL'S GRAPHICS／株式会社エストール

ISBN978-4-7986-2244-6　C0193

ファンレター、作品のご感想お待ちしております

〒151－0053　東京都渋谷区代々木2－15－8
(株)ホビージャパン HJ文庫編集部 気付
ハヤケン 先生／ Nagu 先生